郭昱沂

遠方未完成

等待新星！

南方朔

今（二〇〇四）年被邀擔任聯合報小說獎評審之一，讀到題爲〈雪後〉的參賽作品。

當評審的難處，在於所有的參賽作品都像聯考一樣被「彌封」了。一切會影響判斷的其他因素，如作者的名字、年齡、美醜等全都消失，只剩作品本身是唯一的基礎。因此，你必須對每一篇都要一讀再讀。你會害怕在不經意裡讀漏或讀錯甚麼；也會擔心被作品華麗的辭藻或情節所矇蔽，而讓判斷出現倚重倚輕的偏失。只有讀三遍四遍以上，當你對每篇作品都到了可以講出一個道理來的時候，那種當評審的不安感才會消除。

而〈雪後〉就是一篇讀了三次以上，才從所有參賽作品裡跳出來的。這篇小說乍讀之下，會讓人覺得清湯寡水一樣，沒甚麼滋味。一個老大不小（二十九歲），在旅行社工作的女子梁淨意。她從小到大，就像她那被父母按佛教觀念所取的名字一樣，乾淨、平淡——不是那種淡泊的淡，而是淡到沒有自己，對生命不抱希望，不怎麼用力過生活的淡，就像大雪一樣，是那種一切都被抹消掉的乾淨剝離。她有過一次草草終了的戀愛，那大概是唯一爲自己的人生用過力氣的經驗。而這篇小說，除了交代她的過去外，主要是寫她到阿爾卑斯山一個以雪景聞名的小鎮的旅程，在火車上有過一個疑眞似假的夢境。但既然是夢，當然也就等於甚麼也沒有發生。而甚麼也沒有發生，也就是她那注定了的人生。

近年來，台灣文學界總喜歡用「驚艷」這兩個字，而且都用到了浮泛的程度。其實，「驚艷」有如荒郊野外碰見超級大艷女。「驚艷」主要是指性質鮮明的華麗、突兀、壯闊。把白雪公主寫好，是「驚艷」，但把醜小鴨寫得無論多麼深刻徹底，大概也當不上「驚艷」這兩個字。

因此，〈雪後〉絕非會讓人「驚艷」之作。它的故事淡，人物淡，時代的背景也淡，淡到像雪一樣，似乎很沒有特性。但它眞的淡到有如枯木死灰一樣嗎？當然不，死灰裡有著裊裊不甘願的餘溫，枯木則裹著惘惘有恨的生命意志。梁淨意的阿爾卑斯山之旅，在火車上那如夢似幻的睡眠裡，所寓意的其實也就是生之慾望的騷動。當她醒來，帶著夢中的餘溫，即將看到有如自己人生的雪景，在參差對照裡，那種悲劇性的張力，卻也一點也沒有輸給那些會讓人「驚艷」的作品。

〈雪後〉是篇再三讀之後，才讓人體會出它精妙之處的作品。它不寫大，寫小；它從雪的意象、主角的性格、經驗、情節，都首尾相貫，沒有冗贅。它在淡裡有著一種稠密的東西，那就是當代敘述理論所說的「稠密敘述」（Thick Description）。它藉著寫梁淨意的心與夢，把芸芸眾生裡無數你我之輩小人物的惘然命運做了搔弄，讓人覺得有那麼一點感同身受的哀傷。它不是「大」作品，但「小」到如此剔透，已極少見。這需要相當的才華。

我和小說家張大春，幾乎從來就不曾有過意見相同的時候，這是圈內人共知之事。唯一的例外就是這次小說獎的評審，我們對〈雪後〉的觀點完全一樣，都給了它第一名。雖然其他評審有不同的選擇，最後在總分上變成第二，得到評審獎，但我和大春見解一樣，卻也讓評審主持人陳義芝好笑了一頓。評審完畢，揭曉作者名字，〈雪後〉的作者是郭昱沂，從沒聽過。

而今，這個以前從未聽過名字的郭昱沂，要出她（原來作者是個還在法國唸博士班的女生）第一本小說集了。這時候終於有機會，藉著這本小說集來認識作者，我益發相信，評審會時我和張大春選擇的無誤。一個非常有潛力的文學新秀，業已誕生。

郭昱沂的這本小說集，計收作品七篇，〈雪後〉也在其中。除了〈雪後〉參加聯合報小說獎競賽外，其中的另一篇〈舞身〉，則參加了中國時報同一年散文獎的比賽，而恰好我也是評審。由於舞蹈是一種肢體語言，音樂是音樂語言，這兩個系統和文學語言間有著難以對比和轉譯的鴻溝，這也是文學上的「舞蹈敘述」和「音樂敘述」，始終停滯難進的原因。作者要用文學寫舞蹈，當然也就等於把自己放到了「先天失調」的位置上，該篇作品因而無法在競賽裡脫穎而出。這個觀點，我在評審會議上也曾說過。這是題材的侷限，非戰之過。

而除了〈雪後〉、〈舞身〉之外，其他的篇章，所寫的都是「異國」。有的是異國的流離，如對愛情的剝蝕（像〈時差〉、〈情書〉），如異國產生的背叛和認同混亂（像〈他方〉），異國的文化差異（如〈德行〉），以及由於異國，當一切都改變，甚至連物質也都有了主觀上的認知意義（如〈物戀〉）。我不知道是否因爲作者是由中文系改唸視覺人類學系的關係，這使得她的作品裡，對時間、距離、符號、物象、行爲、語言的差異，都有了更細緻的觀照，於是她那種「稠密敘述」的才情遂有了得以表現的空間。她寫心，寫細膩的受傷，寫微妙的互動，都達到了一種同輩人少有的高度和廣度。我最喜歡其中的〈時差〉和〈情書〉，以及〈他方〉。

〈時差〉和〈情書〉這兩篇相當呼應，都是寫愛情的距離。〈時差〉既指旅行時的時差，又指認知和感情在時間距離拉遠後的時差，愛情因而繃得更緊，而同時也趨斷裂。〈時差〉是個獨特的感情旅程，如果不是敏銳的人，將不可能抓得準它那微妙的肌理。正因有了〈時差〉，才有了既是遺書，又是情書那個非常像哥特式故事的〈情書〉，讓一切都化爲泡沫，縈繞不休。

而〈他方〉則寫一個台灣家庭移民阿根廷的經驗和親子關係，女兒的叛離等。它在寫實的基礎上寫心，比起過去的留學生文學，在境界上已大大不同。

讀了郭昱沂的小說集。雖然我仍不認識這個人，但作品做爲自證，已顯示作者的才華與可能性。我相信，作者如果進一步拓寬題材，給人更大的驚奇將一點也不意外。

是爲鼓勵，以待來茲。

時差

時間呈螺旋形，以你為軸心，
我的冥想無法超脫，
就讎朵記憶的曼陀羅深深淪陷，淪陷。

適任是時差症狀非常嚴重的那種人。

抵達巴黎已第三天仍然睡不好覺。那段日子沒有記下任何字句，離你那麼遠的時空，記憶卻一直撲襲上來，應該是遙遠的，此時卻貼得好近。搭飛機時，有一種很奇異的近似割裂的感覺，機身爆轟轟穿插進一個時區然後又另一個時區，離開了以你爲座標的原點。同時矛盾地又覺得一上飛機即沒有距離，地圖的距離完全消失，因爲心的關係，心在原地踏步。

剛到那晚，跟你約好要通電話，便買了張國際電話卡；先撥巴黎地區號碼，接通後按下一組密碼數字，然後才是你的手機。我們之間的對話有點錯亂，我說完順利到了，你隔兩秒又問我一切都還順利嗎？我說坐長途飛機很難受，立刻聽見你朗朗笑聲，若是我們同時說話，就得一直要求對方重複。我不習慣這種交疊的狀況，聲音的傳遞慢半拍，好像頻頻在出一種不幽默的差錯。

你不在，使我產生一種跟自己對話的必要。#

首次搭乘長途飛機便發生時差問題，抵達巴黎竟花上兩星期才適應當地作息，適任便留心蒐集起相關資訊，嘗試大小偏方。出發前三天將睡眠延後，早午餐蛋白質，晚餐澱粉類，皆以清淡爲主，下午三到五點不喝含咖啡因的飲料。登機後先將手錶調爲目的地時間，衣著寬鬆，戴眼罩遮光，依靠頸枕睡眠，少進食，多飲礦泉水果汁，不喝酒。

適任還服用過短效性安眠藥、防暈吐劑、退黑激素。然而時差所引起的頭暈、疲累、失眠、腸胃不適、下肢水腫、月經紊亂、注意力不集中，在她身上從不見改善。

在國外像個半文盲，以此爲前提，實在跟不上巴黎是浪漫藝術之都的說法，我且無心思流連，祇想快點拿到學位回台灣。三星期忙了一堆事，銀行開戶、註冊語言學校、找房子、跟房東簽約、申請電話線。多虧有你介紹的老朋友幫忙，但也許是我過分敏感，總覺他態度不十分自然，看我的眼神帶著評分的意味，說話也過分小心。Ariel說在巴黎有她一個抵十個，我很幸運結識這位學姐。#

學習一種新語言，最好淡化對其他語言的記憶，即使是母語。

法文並不容易，當初創造這個語言的人一定是時間太多，才想出那麼複雜的文法規則、動詞時態、名詞陰陽性。老經驗的Ariel認爲語言就像情人最好是密集接觸：「你不碰它，它就離開你。」我覺得像是麻醉、催眠，久了自然會在心裡產生一種語感。

好幾次上法文課時罹患視覺暫留，一個個的你，一次次的你，忽焉在前，忽焉在後，星星紛紛的回憶好調皮滿教室在飛舞。#

夢見你，一醒來連忙記下。朋友的聚會，事先知道你要來，內心歡騰雀躍，這啊那的張望，終於你來了，彼此相視會心一笑。其實也沒有什麼特別的內容，自己就緊緊抓著甜蜜個老半天。常常這樣，醒時想到你，睡時夢到你。莊生曉夢迷蝴蝶，分不清此身彼身，夢裡夢外，那隻蝶長著一對相思的觸鬚。#

最嚴重那次是過完農曆年回到巴黎，昏睡了一天，翌晨下部突然抽痛起來，一股緊追一股，兩、三分鐘就有尿急感，硬去排尿也只擠得出幾滴，陣痛強烈到了痙攣程度，出來的尿中竟帶血，適任立刻換上夜用型衛生棉，到鄰近婦科掛急診。按過鈴人還在診所外等候，尿液煞不住地從內褲裡噴出，當街就順著她的大腿內側流下來，腳踝處繞著兩條淡紅色的曲線。

緊急注射止痛針後，適任照指示喝了一大瓶水，再排尿時已經舒緩下來，裝了一杯交給護士化驗。醫生解釋這是尿道細菌感染，病發的原因跟氣候、飲食、體質、性接觸、衛生習慣都有關，但根據適任的情況研判，應該是台北巴黎兩地溫差太大，飛機上公用廁所不乾淨，再加上她太過疲累免疫力下降，病毒才乘隙侵入。

知道有個你活在時差七小時的另一個時區？我在那兒爲你佈局，你的眉眼耳鼻唇髮頸身各自座落精確，分毫無差。用太多時間重複想你，哪怕細微到一絲聲息，一個話間呼吸的頻率，一尾眼角的細紋，都像安排好的精緻的走位來回耽擱又耽擱。

時間呈螺旋形，以你爲軸心，我的冥想無法超脫，就雕朵記憶的曼陀羅深深淪陷，淪陷。若說這是濫用時間，揮霍時間，只要時間的背後有一個名字——你，這樣的揮霍與濫用纔讓我覺得活著。#

比起別人我過了雙倍的日子，習慣知覺著兩種時間。每一次看鐘錶，就會想此時此刻你正在做什麼呢，那樣的猜測有一種奇詭的甜蜜。當我晨起出門去上課，應該是你午餐過後的短暫休息，下午如果有課，你會到研究室喝茶看報邊讀邊罵；沒課，可能就到書店閒晃，或者爲了某個名目的抗議活動去開會。傍晚五點，我在心裡輕輕對你道聲晚安，想像你放下及肩頭髮，姿勢不良地枕在床上閱讀，那多半是很硬的政治社會類讀物，在旁邊用鉛筆細細做眉批。在與你不能零時差的每一天，我辛苦負擔著兩個時間，兩份生活。#

週六晚上六點凝聚了一星期的所有意義，其他時刻相對就顯得輕微而不經心。五點鐘我開始坐立難安，把廚房堆置的餐盤洗乾淨，吸塵器仔細刷過地毯，衣物丟進洗衣機裡攪動，整理書桌上的課本筆記，倒一杯開水放在旁邊坐下來，把預備要跟你說的話題一一列在紙上，然後全神盯著桌上的電話機，等待。兩次響三聲就掛斷，我們說好的暗號，免得正好有其他人撥過來。聽見你低沈的聲音，徐徐吐著辭句，等了一星期這麼漫長才終於值得，我會持續幾十分鐘處於一種癲喜。

電話裡一秒鐘的空白，可以擴散成一分鐘那麼長，很恐懼話筒兩端蔓延著無言以對的尷尬，我得摁下去這種沈默，不斷提出話題並且隨時準備好立刻接話，不願讓你有機會覺察我們漸漸生疏，終究逃不出遠距戀情的宿命。我已沒有辦法回頭，我只能發揮最大努力讓你也不回頭。#

適任的時差症狀還體現在記憶數字。一離開巴黎便如蝗蠹過境般蝕掃所有生活當中的密碼：公寓大門、研究室置物櫃、提款卡、電話留言……。為了預防失憶她想出一個辦法，將法文數字的發音用注音符號標出來，然後再順序顛倒的抄在記事本上。

好笑是這方法終究有破綻，巴黎一般公寓大門的密碼隔段時間就會更換。當適任對照注音一個個倒回來翻譯成「正解」，大門仍絲毫不見動靜，冬天寒溫圍襲過來，凍得她思考凝結想不到其他可能，杵在那裡二十分鐘，此行回台已讓她身心俱疲，而現在連她的家也背叛自己，淚水滑過冰冷雙頰，視線糊塗了兩箱癱在路旁的行李。

冬天在巴黎住下了，街上過客匆匆全都縮在黑大衣裡，只露出一張張冰河時期長毛象的臉，嚴封在城市的冷寂之下，動也不動。我這寒性體質到冬天即使穿兩層毛襪戴皮毛手套，手腳依舊冰棍似的。搜索記憶的存檔來取暖，按下一個「你」，尋不到跟冬天相關的資料，你在冬天是個什麼模樣呢？幻想我們踏在飄滿了白雪的世界，瑩瑩爍爍，書上形容像是一千個天使在打籃球，而傳言愛斯基摩人形容雪的詞彙竟有四百多個！

一個人的寂寞，也可以是一個城市的寂寞。你來，巴黎就會換季。#

我們的距離遠到你聽不見我失意的嘆息，一顆心如同倒懸著，逆流向一種未知的不安。我擔心你會在某一刻突然「開悟」，放輕了我的重量，把我移駕到往事的背景裡，我再無法佔據你內心優越的位置，而我其實多麼不能忍受靜靜等待著被決定。生活教會你相信無論什麼都會過去，你能夠看淡一切，並將此視爲善待生命的一種藝術，這是我們之間的不平等。我不知道該以什麼作支點，人力大不足自舉，何況我已經不是我自己了，沒有力氣阻止下墜，只能下墜。#

上學期課程結束。

和Ariel到羅丹美術館專程欣賞卡蜜兒（Camille CLAUDEL）。我的視線釘在一件作品前——「L'âge mûr」（成熟時代）：一個男人居中，眼看就要被面貌猙獰的老女人拉扯去，她象徵著時間與死亡；而另一邊是名少女膝跪著，身體側向男人彷彿傾注所有，她擎起一雙無力挽留的手，哀悽眼神訴盡整個故事。

那時代，才華對Camille而言簡直是詛咒，她被淹沒在性別與愛情底下，癲狂以終。女人向來尊敬愛情，但與女人談愛情的男人通常並不尊敬女人的才華，大藝術家、大思想家背後的女人總是面目模糊，類同於「燃料」處境。

作品說明上「Déséquilibre」（不平衡）那個字點出了我們之間最大的差距。對生命，你已經取得了最大公因數，可以輕鬆套用於所有的難題；而我只懂得以最小公倍數計算，現實是經過想像去佐料繁衍所得出的結果。常常我充滿了手勢與情緒敘說一件事，聽完你只淡淡一笑，表情完全不帶立場，像一切皆無有不可輕擲於此笑間。

理性成熟的中年男人，散發一股迷人特質，那引發出我的壞心眼——我想砸掉你的平衡，使舊的公式完全不能再套用，從我，你的生命開始重新計算。#

適任隨身攜帶記事本，很少拖延或忘記時間內該完成的事，而且偏好處理事情按著一種寬緩有序的節奏。她對約好的時間有些潔癖，鐘錶上的數字提醒她務必將一切打理好，還習慣多留個十分鐘以免途中有狀況，有時準備不及，她的內腔就會縮緊上來，升起輕微腹瀉感。

除了那回在地鐵跌倒外，適任幾乎沒有遲到紀錄，即便早到也不乾等在那兒，免得好像過於期待或給別人壓力，她以爲等待會讓人錯亂時間的單位，一分鐘延展成三分鐘。當面她並不抱怨別人遲到，祇心裡留個底，但這也不妨礙下回她仍然甘心準時。她結論出人的時間觀是固定的，會遲到的總是那幾個人，雖未必刻意，但對時間的態度就是疏鬆閒散。

Ariel：「妳太傻了！人家早就有一段歷史悠久的關係，結不結婚沒差，反正所有人都曉得他的正牌女友，聽他朋友說得支支吾吾，我就知道不對，要不妳質問他，他敢否認嗎？……搞社運的男人都自以爲帶著光環，不能用妳的邏輯去思考一個比妳大十九歲的男人，他什麼事沒經歷過？以他的年紀要拿住妳，眞是一點困難也沒有……」

她的話轟隆轟隆響在我腦子裡，字字句句一直冷上來。我沒有替你反駁，我不知道該怎麼替你反駁，她的話當下我就相信了。

欺騙成立嗎？你從沒說過自己是「單身」，你可以藉口說以爲我早已知道，是我一直管著自己不去問你，不是嗎？我並非聞不出懸擱在我們之間那有點異於平常情侶的空氣，不能隨時隨地找到你，也沒有你家裡的電話。

明明句號在那，還是不斷和自己的猜測對話，升起一個答案，又戳破一個答案，從別人的分析裡揀一個答案，然後推敲可信的另一個答案。#

整個人晾在那兒，蒸發掉所有的感覺，只剩精力充沛的記憶在抽噎，乾嘔。醒來，發現不在自己的夢，我被偷渡到別人的夢裡，好羞恥；你也曾感到過羞恥？#

聽我語氣不對，你說：「怎麼啦，是不是打擾妳了？」——說得多虛僞多客氣，你早就徹徹底底天翻地覆何止是打擾我了。一段靜默持續僵在電話裡，各自把想問想說的話多次在心裡塗塗改改，就是不肯起頭挑明，而過程中我更確定了答案，你如此不敢理直氣壯，是因爲你不夠清白，不想等待謊言或者實話，於是我主動掛了電話。#

是鞋底濕滑沒踏穩，或者適任自己閃了神，猝然間身體失衡滾下樓梯，她的臉孔正貼著一隻後膝蓋，腳的主人是位中年法國太太，回頭急切地問她還好麼，適任忍痛試著站起來，有一瞬間恍似回到嬰兒初學走路，沒有成敗把握的第一步，安慰自己還站得起來應該沒骨折，適任被攙進售票處，辦事員趕忙打電話通知消防急救隊。

幾分鐘後六名壯漢舉著擔架前來，他們將外傷消毒止血，內傷部分得到醫院處理。小腿骨重重砍在梯級的尖角上，左膝蓋以下好一大片爛青蘸著血色，腳踝處整圈瘀黑，小腿腫脹了兩倍粗。適任填寫個人資料時，不知緊急事故通知人該寫誰，也記不起任何一通朋友的電話。

後遺症倒不是在腿上，往後下樓梯適任會特意放慢速度，可愈命令自己集中注意力，眼睛愈聽不了使喚，她看著、看著漸漸就模糊了這一梯級和下一梯級的分界，單靠掌心緊緊抓著扶手，如臨深淵。

「……事情後來的發展我也始料未及，人跟人的關係並不如妳所期待的那般清楚乾淨，雖然我羨慕妳可以這樣理解世界。……對妳而言生命展開在眼前，還有無限可能性，於我僅是在有限範圍內無奈地擺盪，我已經知道人生大致是怎麼一回事了。……妳喚起許多我已經不再記得的情緒，那首〈美麗的稻穗〉是楊弦歌曲中我最偏愛的，二十幾年前卑南族朋友曾教我唱過，直到那天在海邊才莫名其妙哼了出來。……」把整封信讀完，從第一字焦慮到最後一字，仍遍找不到我想要的答案。

當初去旁聽你講授的馬克斯理論，這堂課學生不多，我又揀最偏遠的位置，上課來下課去聽了半學期都沒跟任何人交談過，卻隱約覺得我們在打著眉目官司，彼此心理的視線看不見教室裡的其他人。這沒有說開的飄忽在某一個早晨落實了。

如同每一次走向教室我總心思悠晃晃隱約期待著什麼，你開車劃過我身邊，突然折個彎煞住，打開車門擋住我的去路，我啞了，什麼都喊不出來，那期待一旦成眞教人太驚訝到無法反應，你定定望過來不置一詞，我於是視線筆直逕自走過去了。到教室心魂未定落座後，看見你走進來，才相信剛才開車門的眞是你。心想——你輸了。

後來都是你主動聯絡我，你不覺有給家裡電話的必要，我也就悶在那裡不問，連你的手機也不怎麼打，隨時隨地攜帶著這個堅持，像硬塞給自己一個義務，人跟著就小情小緒起來，你愛用台語損我：孤拐！其實我在勉強維護已被剝得很稀薄的自尊，不肯主動要求任何你不主動做的事。

如果那時便知道另有個「她」，一切會照舊演變下去嗎？我不知道，眞的不知道。

隨信附寄一卷錄音帶，一按鍵滾落出幾小節木吉他彈撥前奏，隨之那悠揚而帶有書卷味的歌聲，是楊弦也是你的，我鳌不清楚，因爲記憶裡早存就你的聲音檔，連同當天的海風、藍天、雲影、飛鳥、煙味和酒氣一起播放。

你曾說看海是一種生命的需要。於我，海更意味著身世，從一個女孩變成一個女人，初次不是透過文字影像的轉述，直接揭穿神秘性抵達生命重要的眞實。

你提起在九份山上有間小屋，交給我一把鑰匙邀我有空來坐坐。那鑰匙交到我手上異常沈重，開啓它意味著我同意另一種關係，但其實我並沒有考慮很久，或許是出國在即加速了決定。

我輕聲說閉上眼睛，你默契地一點詫異沒有，拉下雙排黑色簾捲；我用食指沿著你的五官畫下來，心裡讀著：你的眉毛、你的睫毛、你的鼻子、你的人中、你的嘴唇、你的下巴，這時你沒有笑，不然我會倒回去撫著你一雙眼角細細刮出的紋理，我們臉部差距最大的丘壑起伏。心情如同溫習之前你的指尖一吋一吋撫在我肌膚上的感覺，我願意你記下同樣的柔膩與溫度。

臨街的窗户微啓著，風捲過夏日海潮暖暖吹來，貼身數著你的脈息，這天地間唯一與我牽連的律動。我不覺得失去什麼。讀著你的眼山眉水，深情與孤意，那一刻我是多麼想看清楚眼前這個男人，然後牢牢狠狠地記下，那種感覺太尖銳了，好像古裝劇情裡遠別前必須交換信物，好在遙遠的不可知的未來還能彼此相認。你睜眼瞬間，收穫了我在你面前第一次掉落的眼淚。#

來巴黎第二年進入碩士班，適任的作息已經與這城市的大多數人相反，近中午起床，凌晨四、五點才就寢。除了一週六小時的晚間課，她絕少出門，在地鐵受傷之後更有好一陣子出不了門。

由於不喜日光，玻璃窗披著沒有任何飾紋的白紗簾，從未揭到一旁扣上，而窗外的兩扇橫條木窗門也大多箍緊著，陽光射進室內明一道暗一道相間著，像攤開的一張斑馬皮。

她將房裡的大燈換成用竹枝撐起來的白燈籠，又刻意把桌燈調向牆壁，只借用反照回來的光線讀書。

回台灣三個禮拜，踏進巴黎的家竟覺得異常陌生，望了好半天家具擺設，我眞的在這裡生活過？那段記憶不知給誰偷去，留在腦中一片空白。身心累乏，躺在床鋪閉上眼睛「醒」著，回想台北那幾天到底做了什麼？沒有，什麼都沒有。在出發前想過許多可能，之所以沒有退掉三個月前已預定好的飛機票就是因爲想到這些可能，然而眞實情況並不符合想像。

年初五接到你的電話，我們見了面，我極力保持平靜，表現得就像是很理解男女之間情場世故這件事並不足以對我造成傷害。你先開口問穿這樣少不冷，我回說還好，巴黎氣溫比台北低十幾度，然後彼此陷入悠長的沈默。必須承認坐在你對面的每一秒，我無時不期待你會吐露感情，甚至給一些模糊的承諾都好，等你抽完兩支菸我才意會到，你不肯主動做決定，也無法爲這段關係確立名目，一切端看我願意妥協到什麼程度，但我怎麼能夠？任何妥協都會讓我看不起自己。我厭惡你的凝視，那會使我沒有能量俐落分手，相愛是當初兩人的決定，你怎麼能夠冷靜地看著我的世界毀敗。我在等，你也在等。

從咖啡館出來那般自然地你牽住我的手過馬路，我不能抽回，那動作太小孩子代表我在生氣，我要表現得淡然，無可無不可，下一秒，被拉進你懷裡時其實我已無法思考，我們就像是任一對剛吵過架的情侶又和好了，這原本是我最抗拒的結果，計畫中最禁止發生的事。

你所給予的溫度眞實而篤定，無法相信那不是來自於愛情。身體向著你，心在身體裡，由不得我背向身體作主。擁抱的同時，亦明瞭，我的甜蜜與苦痛將攜往更深處去。#

房裡廢棄不用的壁灶上放著一個航空公司贈送的卡匣式電子鬧鐘，液晶數字顯示出LOCAL TIME與WORLD TIME。適任將WORLD TIME設定爲台北，一對照就可以算出與LOCAL TIME／巴黎的時差。

另一口鐘收在浴室櫃子裡，電池已取出。原本放在房間使用，但夜晚的寂靜會擴大秒針循著刻度一格一格規律移動的聲音，適任害怕不自覺跟著數滴・答・滴・答・滴・答・滴・答……，擾得原本就不好睡的她更難以成眠。

從Ariel家出來剛好搭到末班地鐵，車廂盡是空座位，一名黑人卻故意揀我的正對面坐下，一陣濁重體味瀰漫過來，從漆黑的窗玻璃反射出他賊亮的禿頭，他看著我，邊拉下褲襠拉鍊，把弄撫玩著他的性器，接著嗯嗯嗚嗚地呻吟起來。我裝著平常，對一切視若無睹絲毫不驚慌，抵站後筆直朝向車門，慶幸他沒跟過來。面對異城市不友善的挑釁，我以更大的冷漠回應，這是我安靜的消極的報復。#

覺得狼狽，瞧這敗壞的身軀，爲什麼它不聽使喚，它要殃及我的生活，不能好好吃好好睡好好走路好好唸書，生活不過就這幾件事我也做不來。沒有任何事情需要付出這麼大的代價，什麼都可以失去，就是不能失去尊嚴。

只要再深零點五公分，骨頭就會折斷，醫生這麼說。

看著自己，像一則便宜笑話，左腿包著紗布懸在椅凳上，這是能避免疼痛的唯一姿勢，我笑不出來。意志問身體何以背叛我？身體回答這是雞和蛋爭執的老問題，是你先游離渙散我才無所依附。#

玉鐲斷了，跟了我八年，一瞬就碎成兩段。祇是想打電話到你研究室碰運氣，也或許會說起在地鐵跌倒的事，當下又感到對自己好灰心，不過是飲鴆止渴，話筒正要掛上，玉鐲匡噹一聲扣到電話機，斷成兩截。

到底這意味著什麼？我阻止自己問下去，不願把這件事引申爲有警示意味的預言，遺憾的情緒應該很乾淨。

許久以來這只玉鐲如同手腕上的一環骨節，是我身體的一部分，戴上後從不曾取下，即使多次不經意碰撞，玉鐲依舊完好。一直以爲它會陪伴到我離開人世，隨我燒化入土，數年後再由親人撿骨時取出，一如它本來的身世。

當初是買給奶奶作壽禮，自她過世後家族裡一直沒有人適戴，父親回大陸探親特地攜回讓我試試。奶奶是那時代裹過腳的女人連手都很袖珍，而我則從未遇過成人有另一雙更小的手。你曾摳著我的手心笑說，對照我的個頭，簡直是雙發育不全的手。一穿進去我便喜歡上了，久經土埋過程中礦物質滲透進去，形成天然穎妙的紋理，讓這只白玉鐲透出令我著迷的時間感。

深夜我坐著，良久沒有移動，一直在想著「失去」這回事。朋友在羅浮宮做古蹟鑑定的實驗室工作，他說一萬三千年前的麋鹿骨頭在光學顯微鏡下看來近似玉，那麼這兩截碎玉在一萬三千年之後會像什麼呢？#

除了循刻度走動的鐘，深夜另一項禁忌是不能存放立即可食的東西，諸如泡麵、優格、果醬、乳酪、罐頭、火腿片、冷飯、剩菜……等等，適任會在腸胃分明沒有一點餓的感覺下，既不加熱也不調味，直接用手抓到便吃。

或許出於心理的需要，她需要一點其他的什麼去抵禦漫漫長夜，而取代思考最直接便利的就是吃。一直吃到肚子再也裝不下，餵自己一大勺胃散，來回踱步等脹氣一大口嗝出來，要不就用中指往喉嚨深處摳挖，將食物催吐出來。

這幾天行動不便，又不好老要Ariel幫忙採購，那袋衛生棉試用贈品用到祇剩衛生棉條。依照圖解撕開後從一管塑膠套裡拉出一段棉線，棉條約半截粉筆大小，我試著推進去，幾次都不到位。忽然想及你曾經也這般停留在我最神秘的一塊私域，兩人間不容隙的蝕魂交纏，下部一陣抽緊，再推怎麼都推不到底，不敢硬擠，見血塊剝落趕忙拉出棉線，一大半棉條已經染紅，滿是經血的氣味。#

曖昧的巴黎五月天氣，前腳有意伸向夏天後腳又遲遲不敢邁出，一天當中可以將熱帶的四季經歷一遍，間還晴雨交雜。出門選擇衣服不好拿捏，外套少不了，裡面穿棉的不夠暖，毛衣又嫌厚重。

蹺了兩次課倒是把論文大綱給擬出來，腳還有點一拐一拐的，指導教授沒特別說什麼，可我不住在心裡犯嘮叨。等回到家毛衣早已黏了一層汗，濕濡濡的，覺得渾身好膩，有種不徹底的髒；很像店員找給你一堆小零錢的那種瑣碎和不痛快。天氣不對，人不對，一切都太不對。#

總是被鬧鐘聲嚇醒，乍聞當刻，感覺有如一條拔河繩在夢與醒之際，拉扯。可不設定鬧鐘時間也不成，我會一直睡下去，潛意識抗拒著醒來又不得不面對現實。常常有那種好想快把一天過完的感覺，不喜歡白天還有一大段時間得度過，很沒希望的，從下午開始計時快慰多了。木格窗門靠攏，紗簾垂下，偏愛白天卻沾染黃昏的氣氛，豐盛的日光從僅有的空隙間流淌進來，灼眼的唐突被修飾得似水無稜，時光遲遲。#

胃裡存食弄得她在床上翻來覆去，找不出一個既不會壓到肚子，又可以順利入眠的姿勢，等食物消化完畢已將睡眠拖延多時，一夜無眠在她也不少有。

失眠如同一天怎麼都結束不了，把時間從時間裡驅逐出去，日夜作息失序，外在的時間線索與內在的生物節奏無法協調，這是適任臨睡前最擔心的事。無論她怎麼命令自己停止思考，一顆心卻不由她作主，竄東竄西拴束不了，纏纏繞繞想個沒止息。

一失眠適任就會神經衰弱，後來再補眠多久也補不回來。翌日如有正事她仍會強打起精神，撐開眼皮用意志力克制睡意，身體反而比平時更亢奮，忙完自然也更累。

尋找到最適合描述我們愛情的時態——「過去簡單式」(LE PASSE SIMPLE)，羅蘭巴特（Roland BARTHES）這麼說：「這樣的語式和時態與日常用語無關，根本與我們的時間無關，屬於虛構的世界專用。並且刻意標誌了它的虛構性，做作又裝無辜。」

小王子已消逝在沙漠彼端，而星球上的那朵玫瑰仍喃喃用現在式複述：「你在你玫瑰花上所使用的時間使你的玫瑰花變得重要。」她不懂唯一不能被馴服的

是，時間。過去的還不能過去，過去依舊纏綿著現在，每一個當下都被回憶收買，變成攜帶著過去的未來。#

什麼都交給日記，於是我沒有勇氣真正去面對，問題依然如死水一灘。如果神仙賜我願望，最想實現的便是讀你日記；裡面可能放著一顆解藥，吃下去，我即能復活。你寫日記嗎？似乎不，但我如此需要證明自己太傻，在一段不值得的感情裡受苦，也許讀完之後，我便停止了跟自己對話的必要。Ariel講起前男友，總是口口聲聲那頭豬，我羨慕她的俐落痛快，她唱著那句歌詞勉勵我：可以不在乎，才能對別人在乎。

離愛最近的不是不愛，是恨；先觸到那個恨，離不愛就更近一程了。#

連續十數天失眠之後，身體陸續開始不對勁，耳洞附近起膿，手腕泛起紅疹子，然後便是眼睛。

長出第一顆針眼點了眼藥水，隔兩天換隻眼睛又冒出新的，針眼竟然就此長個不停。她避免使用眼力、極力保持衛生、將熱毛巾敷在眼皮上，鏡子裡反映的仍是一雙生滿了膿瘡的眼睛。感染情況嚴重至針眼生到眼球裡面，醫生立刻爲她注射類固醇藥劑，囑她按時服用抗生素、塗藥膏，情形再惡化，就必須要開刀動手術。

聖誕假期去蔚藍海岸玩了一趟，這還是初次離開巴黎出遊。幾個朋友合租一輛車，爲應付長時間車程行前還特地到網路下載音樂，Ariel選了幾張中古專輯，她朝我頗富意味笑笑說：我知道妳是活化石。

「彎彎的小河，青青的山崗，依偎著小村莊。藍藍的天空，陣陣的花香，怎不教人爲你嚮往。……我時常、時常的想念你，我願意、我願意回到你身旁，回到你身旁……」立刻我的聽覺神經驚訝到不能動彈，歌詞旋律一直就在我的記憶裡，雖然那已是很遙遠、很遙遠——

小學暑假被安排在桃園的外婆家度過，只要照規定練完書法吃過午飯，便能和鄰居小朋友痛快玩鬧一下午。很大的樂趣來自到戲院看三十元一票兩片的電影，我們常緊盯著用紅綠墨水筆寫上片名的海報，唯恐錯過新片子上映，記得「基隆七號房」幾個字被雨水打濕血淋淋澆下，把劇情形容得繪聲繪影，我們拿來嚇自己。就這樣生冷無禁的飽看了一籮筐文藝愛情電影：「我歌我泣」、「三角習題」、「上行列車」、「長輩」、「第二次單獨一對一」、「上尉夫人」等等。

這首歌出自「再會吧！東京」，二十年來我從未再聽過，也一直不曉得主唱者是誰，倒是會哼「我時常、我時常」那幾句副歌，直到今天聽全整首，才好巧地澄清了一個誤會，「你」指的是故鄉，不是我一直以爲的，讓女主角解除婚約一意跟尋而去的男主角。

時間會進行回收循環，祇一個無從預期的觸發點，往事便歷歷。

沿著海岸的路上，起伏連綿，落陷處只見路面折斷的邊際，居高處悉數收攬景物，連同落在後面的所來徑；想起這首歌，是在這樣一段路上。曾經，可以記起很久遠以前的事就覺得與你更親近，像偷到一部分你的過去。我說曾經。＃

Ariel的朋友即之也溫笑笑說自己是業餘研究，這無關迷信也發揮不了神效，祇是瞭解自己的一項法門，或許對妳的失眠有幫助。他要適任全身完全放鬆，緩慢而規律地深呼吸，放下一切所有的煩惱、念頭、慾望，專心數著自己的呼吸，然後連自己都不存在，只剩下數息……現在開始妳將進入深沈的睡眠……十、九、八、七……

適任就漸漸往橫倒去，整個人躺平睡著了。那感覺極矛盾，人處在沈睡狀態，意識卻對周圍環境非常清醒，我在這，主人在對面，這是一棟巴黎郊區的公寓，相伴前來的Ariel等候在客廳。

一切並不如聽聞的那樣，適任什麼也沒看到，沒有景物，沒有時代背景，沒有故事情節，沒有任何一個此生認識的人與她在彼世際遇過。

不知怎的，她絮絮啜泣起來，感覺腦中佈滿了一大片黑色海域，畫面裡不見自己，她已經埋在深海裡，死了，在很年輕的時候。悲傷的魂魄浮沈於無際波浪，除黑色以外沒有其他旁證可以說明這樣一個年輕的死。她的哭泣越來越劇烈，主人一旁不停地開導安撫，不要太執著、不要太陷入，想想身邊關心妳的人，想想生命裡美好的事物，但適任更狠命大哭起來，她想用盡眼淚去抗議，去釋放擁擠而羞於對人言的悲傷，去清洗陷在泥淖裡不痛不快的情感。

及至張開眼醒來，適任彷彿睡過一場好覺，意識清爽了不少，Ariel早已坐不住客廳闖了進來。

催眠狀態中的時間單位很異質，他們指她哭了一個鐘頭，而適任自己感覺衹約莫二十分鐘。

神說要有光，就有了光。神看光是好的，就把光暗分開了。神稱光爲晝，稱暗爲夜，有晚上，有早晨，這是頭一日。

每每不能違抗你意旨，便將你定義爲神字旁的「祢」，理性終究抵不過信仰的符咒，以此來寬容自己的罪。你輕易銬留我在地獄，我卻於其中狂喜，不可試探主你的神。Frida KAHLO：「沒有什麼是黑的，眞的沒有。」地獄也不是黑的，必須獲罪般去經驗那無窮層次走不到底的灰？#

記憶繞圈又繞圈，落入時間的自動書寫，消失第一人稱，「我」淹沒在這總和爲零的龐大系統。時間成就自己爲時間，把單純的元素演算成紛擾難解的方程式，我停不住記憶的年輪一圈圈畫下去，永滅永生，不舍晝夜。

爲什麼要寫下那麼荒涼的心境？是把時間的下半生寫下來，知道你已經不會在那了，我先到那裡去找你，怕等到那時候再寫，永遠湊不齊現在這份奢侈的憂鬱。#

距離地面高度：7467m
速度：1003km/h
室外溫度：-41℃
出發地時間：16:49
目的地當地時間：22:49
剩下飛行時數：11h16m

適任盯著座位前的螢幕液晶顯示，遵照空姐指示將窗扇拉下，鄰座是一位東方女子，全機熄燈後，她仍開著座位前的小燈放下餐盤寫東西，她寫的是中文，大概以爲適任看得懂或者好奇，於是跟適任輕聲交談起來。她在寫日記，她笑著說如果發生火警，第一個要搶救的就是她的貓和日記，然後反問適任也寫日記？

寫，不是天天寫，比較像是週記、月記，而且——這話題有些接不下去，適任不知道該怎麼解釋，她的日記全寫在信紙上，一篇篇裝在信封裡，沒寫地址和收件人，也沒有註明日期，黏住信封口隨手就塞進廢棄不用的生滿塵灰的壁灶裡，她毫無意願重讀，更恐怕任何人看到。

可最當初這麼做是帶著甜蜜的意味，她想像，有一天會將所有的日記一封封寄「還」給一個人……

彼此道過晚安，側過身適任試圖讓自己順利入眠，還有好長一段時間得在飛機上度過，否則抵達台北又要應付惱人的時差問題。

情書

然而我們之間隔著一道說不穿的牆，
我像給魘住了，被鬼魅掐住脖子，
任怎麼都叫喊不出來，
無奈地任他手執情書在寒冷中悲傷下去。

規則是這樣：親手寫一封情書，不拘字數，A4無格白紙，作者匿名，內容保密，情人節當天再隨機抽出公開朗讀。

這座巍峨高聳的古堡中世紀時曾是座監獄，四周湖水林木圍繞，顯得深幽隱密，後來被私人收購作爲酷刑博物館，最負盛名是一具逼供女巫的刑求椅，其中還規劃了藏書室、影片播放廳、紀念商品舖，部分場地則開放供人租借。情人節主題派對就開在半地下的水牢中，低矮的石灰牆壁像鋪開的一張破麻布，濺著些許苔漬。

一根根鐵條鑄在菱形長窗上，望進去裡面眞是個山洞，壁爐燃著火，擺放了幾張造型各異的沙發，居中的圓木桌上一個玻璃盒，數朵嫣紫玫瑰帶葉在其中綻放，透明的燭油徐徐燒著散發出傳神的玫瑰香味。可以預見即使燭芯燒到底，玫瑰仍是完整的、盛開的、逼眞的。

在場一共七個人，彼此似乎不甚熟悉，除了主辦者是對夫妻，還有一對身著同款一式的衣裝望似男女朋友，男黑底白邊，女白底黑邊。想來夫妻刻意要這種生疏，即使熟悉的也名分已定，當事者盡可以無所顧忌放開寫來。

在晃動的燭光中穿插來去，與會者製造出自己以外放大的剪影紛紛爬在紅地毯以及石灰牆上，有的影子抽菸草，有的影子舉酒杯，有的影子在觀察其他的影子。古董唱盤流轉著老藍調，酥酥嬈嬈，遲遲倦倦，時光似曾移逝，又一再回首戀顧。

那男人很沈默，偶爾臉上才泛出笑意，社交性虛應一下。他扳起手指，所有指節劈劈啪啪輪流都響過以後，再以驚人的角度向後拗，折了半個圈幾乎就貼到手背，多麼柔若無骨的一雙手！見他臉上平靜無事，剛剛應該很疼的那一刻像是什麼都沒有發生，我隨即將目光從他的手指體操移開。

擲兩次骰子，先決定每個人的抽籤順序，再抽出情書，信封上已標示好每一封的號碼。

拿到一號的年輕女孩抽出今晚首封情書，大家視線各自固定在某一方位專注聆聽。女孩聲線帶蜜似的把情書唸得纏綿悱惻，憨甜的身軀隨著字句擺動，晃得一付粉紅旋著乳白霜淇淋式樣的耳環垂涎欲滴。

唸畢由原作者領回，是以紅繩圈綁著馬尾的男人，他將手上那杯酒一飲而盡：「人美，聲音也動人，找妳唸眞對了，爲我的情書多加好幾分。」女孩的臉泛起紅暈。

「怎麼才一頁？看長相應該對不起好幾個才對。」白底黑邊說。

黑底白邊唱起雙簧：「他怕都寫出來耽誤大家時間，情人節又不是國定假日。」

鼻梁上架付老式文人眼鏡的男人一見信就釘在那兒幾秒，他唸得很尷尬，幾次起頭都接不下去，等於是告訴大家他抽到了自己的情書，可他的尷尬實在多餘，因爲內容完全不具私密性。

霜淇淋：「好嚴肅喔，百分之九十九的女孩子不會期待這種情書。」文人眼鏡表情若有所思起來。

紅繩圈：「是啊，我眞同情你的對象。」

下封聽來像是小婦人的口吻，妻子嫌疑最大，在眾人目光逼視下她連忙揮手否認。黑底白邊：「有詐！故意擾亂視聽。」果然是丈夫僞裝成妻子一角寫的代言體情書。

白底黑邊：「都是老婆平常對你講的話，哪算情書啊，不行！不行！」

黑底白邊：「眞小氣，擺明了就是要偷窺別人，自己不露餡。」

白底黑邊：「今天眞是給人家賢伉儷調劑生活來的。」

男主人笑而不答，女主人連忙請下一位擲骰子。

「這封信好短，只有五行。」文人眼鏡剛說完立刻發生一陣紊亂不見首尾的搶奪，還沒領會清楚狀況，黑底白邊抓過信來一口氣直接唸完，大家鼓掌叫好，這人看來一派無所謂的調調，竟寫得出這般雋永的情詩。

霜淇淋驚嘆著：「眞令人羨慕！」

「看看人家寫的情書，多深情啊！」妻子糗丈夫。

「我就怕這狀況，老婆，情書又不是作文比賽。」

「眞是你的筆跡嗎？有點不像。」白底黑邊於是欺身過去含了一下黑底白邊的耳朵，再輕捶幾下男友肩膀。

「事後一定得好好獎賞男朋友。」霜淇淋。

「在床上。」紅繩圈。

「女人真好騙！」黑底白邊作一番自我解嘲。

「男人其實也很好騙。」文人眼鏡接腔。

紅繩圈手裡拿著厚達六張的頁數，點著菸，偶爾甩甩長及腰際的馬尾，聲音磁性低沈，有如深夜主持廣播節目在讀著聽眾來信。分不出從哪一段落起，唸聲漸漸遲疑，就好像連聲音都不相信自己所讀出的字句，煞停在那，聽眾跟著就抓不住前後邏輯，水牢裡一陣子靜默不響。

那男人傾身去取用稍遠的一壺茶，發出顫顫叩叩的聲音，茶應涼了，想必有些失味。他望向我，目光嵌定在我的臉龐，然而並不看著我，至少他的眼睛並不與我的眼睛有所交觸，彷彿我是空的，一整晚，我都是空的。也許他選擇的方向祇是個無意的巧合，他並不想甚麼，也不看甚麼——不，這封情書跟他有關——

聚會走到這裡氣氛變得詭異，像一塊大黑布蓋下來，每個人被圈陷在黑色區域，像參加一場不明人士的葬禮，驚慌卻又動彈不得。

「是妳嗎？我問。

燐光爍爍，妳又在那裡笑我了，笑我還急茫茫翻滾在紅塵，依循重複著無數人走過的路徑，妳知道，年輕時我是那樣抗拒，現在竟與之朝夕相依，既無能改變現狀又無法安於現實，歸到底，我祇是平凡。

而不平凡的妳卻成爲我心口上徘徊不去之嘆息，難以安頓之牽掛。

至今我仍常想起妳。

現在的妳可能在世界的任一處，某個片刻或許我們曾又擦肩交錯過，然而於我是無從知曉；尋找妳，是我心底最誠實的習慣，多少年了，始終不肯承認彼此斷了音訊。

妳以自己爲我的世界鑿了一個缺口，我必須攜帶著這個再補也補不全的洞，將生命走下去，即使雙唇裂開一道縫，也不是笑，是嘆息。我不斷問妳也問自己爲什麼，無數乘以無數個爲什麼，爲什麼妳選擇用這樣的方式來改變我的生命，妳決然地切斷與世界的牽連，難道用意是要世界也切斷與我的關係？

我開始憑弔這個世界，世界也憑弔我。

妳太聰明了，所以無法懂得一個最平凡的男人，妳將直線弄成曲線，再將那曲線硬往自己身上纏繞；而如同大多數人我只是一條不徹底的直線，就這樣簡單。我又太笨了，以直線去套用妳，苟安於那樣放心的解釋中，分明妳是那樣心思縝密不願從俗的一條曲線。

無惹塵埃的一顆心才會去挑戰「絕對」——這多麼奢侈的概念！所有人皆相信世界是前往不絕對的方向，除了妳——停在絕對的面前，便永遠絕對了。而時間改變了我嗎？仍平凡，仍善於欺騙，差別不過是在妳之後我就騙不過自己罷了。我明確感知到自己在逃避一團很飄忽又很巨大沈重的什麼，並且能逃得多遠就盡量逃多遠，逃到異鄉，逃到學術名詞堆，逃到自己編造又戳破、戳破再編造的謊言，逃到下一個、再下一個女人的柔膚暖香，逃到下一次、再下一次高潮以及高潮之後的徒然落空。」

一只霜淇淋掉下來，擦過圓木桌然後無聲底落在紅地毯，女孩拾起，滿臉驚慌表示耳環的後塞可能掉在樹林裡，或者來的路上，是很珍視的一對耳環，必須要出外尋找。

「奔跑在逃亡與逃亡之間，那速度壓迫著我，讓我只好以更不加思索的速度逃亡下去。我不過是既俗套又無能的一個至極平凡的男人，等在公車站一分鐘可以走來十幾個，擺在眾人間也辨不出眼睛鼻子嘴巴。因爲有個妳，我才與世界上所有人是不一樣的。

曾想過要是時間能逆向重來，無論要抵抗再強駭的速度，我都會不惜去改變一切。我悔恨爲什麼不早承認我無法停止追逐慾望，爲什麼有妳的某些片刻我自己都會陶醉到相信永恆，爲什麼要再寫些呢呢噥噥情長情短的去招惹妳，爲什麼不能在妳下決心之前察覺⋯⋯，這害了妳，然後害了我。

錯過見妳最後一面，妳就像一本遺失的童話，擁有可無限詮釋下去的版本，容易就借屍還魂出現在我生活的周圍，如此綺媚，如此柔情，如此陰險——飄在睫毛上的一小點會扎眼的白絮；不經意抬頭望見那輪貞淨的月；等待過程中突臨的空白發慌的幾秒；跑著飛過去一張無憂孩童的臉；還有從洗曬好的衣物口袋裡翻出來已經揉舊到辨不清原來是什麼的紙片⋯⋯

猶記妳會撕下日記的半頁一頁偷偷放進我口袋裡。」

霜淇淋離開一段時間，文人眼鏡不放心她也要出去看看，他深呼吸一口推推鼻梁上的眼鏡，臨走前不忘將自己和霜淇淋的情書摺好放入背袋。

「妳愛計較，晚上就寢前會仔細『記帳』，除了單純記下我們一天的生活還作分析檢討，偶爾輕聲唸出來然後問我的看法，多數是自問自答：『爲什麼今天男人的情話說得特別甜？——男人餓了，我跑到樓下7-ELEVEN買關東煮維大力給男人吃。』妳埋頭在書桌前寫日記的側影，我依戀頸子到鎖骨那段優美的弧線，吻咬去，文具掉落得啪啪咧咧，妳邊笑邊喊停怕會留下印記隔天讓同學發現。

週末從台北搭火車回到我們的窩，沿途總要哼歌，老重複著那幾句激昂又煽情的副歌，唱出來好似就分攤了我的焦急渴望，好似妳就分明出現在眼前。一抵站，我使勁奔跑，跑得那麼喘，分不清是著急想見妳還是更急著要澆滅因想妳而變得有如火燎的情緒，跑啊跑過了小學禮堂西式尖頂然後再左轉，我開始喊妳，大聲喊妳——妳譏笑說乾脆把我縮小放在口袋裡帶去上學好了！

妳翻我的背包要看看大學在搞什麼名堂，不外是一些社團廣告、全系師生通訊錄、課堂筆記、幾本尼采著作……，妳故意快快翻過，眼睛不在哪一件東西上多停一秒，像要表明祇是無聊好玩沒有深入探究的意思。在半工半讀之外，妳還去補習準備插夜大，口頭上說是師專畢業只能教小學出路不多，我明白妳是介意的，盡量在妳面前就不提大學那回事。爲了讓妳放心，還介紹妳認識我的父母，他們笑得樂陶陶，頭一次見我帶女孩到家裡，母親按了按我的掌心，她喜歡妳。

我們曾經那麼有模有樣地扮起家家酒，我是丈夫，妳是妻子。

妳的生命潛質內一直有份悲傷，那是妳看世界的眼光，即使我很努力地試圖調整，都無法移轉妳朝悲傷看去的方向。出遊到另個地方，妳說自己要是死在這是不會有人關心不會有人知道的，我感到很無奈，何以這麼說來打斷我們正共度著的美好時光，難道我不會關心知道麼？聽多了覺得不祥，便故意唱反調說老天爺會留妳這壞人在世上繼續折磨我，而眞底弄到後來我不敢帶妳『私奔』，我害怕戲語成眞，總要跟誰事先交代我們的來回時程。

聽穎靈慧如妳，難道提早覺察到自己的或說我們的終局？但我的愛，死亡是，不可揶揄，不可試探。」

白底黑邊扯著黑底白邊示意想先離開，男的解釋習慣早睡，女的最近補牙坍了吃冷吃熱都疼，明早也和牙醫約好。妻子囑咐他們開夜車小心，這條是單行道必須倒車至路口再繞出去，路燈上禮拜就壞掉不會亮，還有下交流道要注意正在施工的路段。

「到底分開我們的是什麼？

是命運寫於前，還是我們自己挑撥了命運？原本我們可以一直相愛下去的，妳努力過，我也努力過，曾經我們是彼此最重要的未來。直到現在仍不理解妳的幾次離開，妳說要走到遠方，到那裡妳才有辦法能夠不恨，妳要用距離將自己裹得好好的，躲開家人、躲開現實壓力、躲開所有所有，連我最好都躲開，這樣才會活得更像自己。我知道遠方意味著另一個男人，妳不會缺乏眷顧妳的對象的，當時年少的我沒有條件跟妳爭執，現實的苦是妳在嘗受，我只有被動地接受妳的安排。

在我之後還有個他，我不在乎，就算出現無數個他，但他們都遠遠躲在妳後面，我只看見妳。妳從另一個搭火車要三小時的城市捎來訊息，有時電話有時信件，妳這樣明明是不許我離開，因爲妳也放不下。年少的我對傷害仍然那樣陌生，一顆心被磨過來割過去，卻從來做不到徹底放手；心裡裝不下別人，妳的影子，妳的影子，好像我就只是站在那，默默送妳離開，靜靜等待妳回頭。

寄過給妳這樣的字句：『在我的心中曾經住著一個小小詩人，他只爲一個女孩吟唱美麗的詩句，女孩離開後，詩人從此——啞了。』

妳在留給家人的信中，隻字未提及我，倒叮囑他們要繼續資助一個非洲兒童，一併附上認養證明書——我好詫異！這不像我認識的那個看世界很冷淡的妳了，妳是這樣跳出我的想像以外，是不是我從未眞正懂過妳？妳稟性善良單純，即使遭受苦冷的現實，妳依然試圖給予別人溫暖與希望，妳相信過溫暖與希望。是我踩在妳的希望與溫暖上，澆熄它們，讓妳還在昂揚起步的生命戛然煞止，這惡夢般的一切到底是怎麼發生的……

紅繩圈不住搔扯著長髮，馬尾鬆散四披，他無法唸下去。雨滴於此時敲奏起來，緊追幾聲雷電轟嘯，不一會兒水牢外已是大雨狂落。他執意趕末班地鐵，以皮衣外套罩住頭，淋著雨快跑離開。

夫妻關緊窗戶，對看而無語，都沒有意思將情書讀下去。

那男人拿起信，一雙手顫顫弱弱湊近燭光，低矮的蠟燭燃盡前忽然輝燒顫亮起來，透出黯異的光，照得他的頭髮發白，就像一顆奇異的化石被淘洗得過分舊了，在地底下不知輪迴過幾世幾劫，才又重新出土。

服完兵役的第八天我已經踏在異國的土地上，迫不及待要飛出去看世界，自由的空氣，典雅的城市，我所嚮往的學術殿堂，每天都在發生不一樣的事，生活過得既充實又富挑戰性。常會覺得過去我所認知的一切都在遭受衝擊，從一個小世界來到另外一個大世界，大到摸不著邊際，踩不到實地，人在異鄉畢竟對生活難得有十全把握，時日一久也許連自己是什麼都把握不住了。

來來往往發生過幾段感情，就是開始挺美好中途發生問題後來發覺也不怎麼愛於是就分手的感情。每當情節走到「於是」，妳會像一聲嘆息般飄落下來，那感覺眞奇怪，明明時空相隔遙遠一切已經變淡，我卻無法遺忘過去，妳整個塡滿了那個過去。妳的影子懸在那兒像篇未完成稿，偶爾飄蕩一番，便使我內心生出一股激動，我要去完成它，去完成它。打聽到妳的聯絡住址，寫了好長一封信跟妳分享幾年留學生活感想，意到筆隨之下並不刻意節制情感，把輕微的試探很技巧地放在句子中間，聰穎的妳當然讀得出來「有空到國外來看看」的意思是——

「妳來」。

妳來之前我沒提過身邊的另一名女孩，我們其實還沒走到「於是」。直到那晚，沿萊茵河旅行了兩星期將要回到慕尼黑，我才對妳坦陳，因爲我不知道該如何解釋爲什麼妳不能到我的住處看看，女孩尚未完全搬走，她有鑰匙隨時可以回來我們合租的公寓。在妳進一步質問下我承認自己並非不愛她，走到這田地我卻反倒又誠實起來，這豈不是太可笑。

是夜四處找尋妳很久，妳帶著蒙受到極大羞辱的表情轉身奔出去，直到近凌晨才聞到妳一身酒氣推開旅館房門，朝我，疾厲問：你何必再找我呢！你這不是在耍我嘛！

回想起來，我的心意祇是要妳把回憶帶來，我在一切都無法握住的漂流中渴望得到一種安慰，沒有顧慮到妳會懷著怎樣一份期待，妳早已設想了很多的未來，這種徹底的自私，讓我已配不上那個過去，過去這才眞的過去了。

太懂得怎麼贏得愛反而我越喪失能力去愛。我的愛是擔不了重量的，我害怕任何一種責任，責任會阻撓我繼續逃避，我懷疑一切，包括懷疑本身我都懷疑，我恨不得把人性最不堪的慾望競相實現，這樣至少我可以不用懷疑慾望，我無能去相信超過慾望以外的事情，雖然我企圖表現出駕馭在慾望之上，甚至征服了慾望，但那不過是我的包裝，我的心其實污濁齷齪，而我學會用最美麗的手法去掩飾與裝潢。有時想想幸好妳再也看不到，不，這是我在自欺，當初如果不是認清了我的心，妳如何會選擇絕路？

夾在兩個女人中間，我光貪圖那些個溫存美好，鑽營在可以稍事偷安的縫隙，對誰都吐不出篤篤定定的一句話。事實是我太會說了，穿上「詩人的新衣」，我總是能將語言兜轉得如芭蕾舞姿般，踮起腳尖不落地，那失重所引起的輕微暈眩如此曼妙、醺醉、恍惚。一旦把世界說圓，我便被世界舉了起來。

「你就是一張嘴會說。」妳看得穿，卻過不去。有幾天我祇能待在旅館陪妳，妳目光如割冷冷地擋在門口，卻不再說什麼，只是不出聲地落淚。我計畫捱到妳離開的日期，慢慢隨著時間過去，可以等到不需要選擇的選擇。

妳不肯輕饒我。隔著時差的半夜從台灣撥來好多通電話，妳說連我都如此妳對世界好失望……以為我們想法是相同的所以我才會去……是不是她在旁邊，為什麼你的語氣故意跟我保持冷淡……我不想走極端，不想結束自己，我只是好想停止那種痛苦……。後來不再那麼頻繁聽到妳的聲音，又隔一陣子妳的音訊全無，當時我竟有種放心的解脫感。

我問過妳，在分開這麼久以後，爲什麼還想我。妳説：我把你想得太好了，自己受苦。如果我太好，那當初的離開又算什麼？妳不知道，妳説妳眞的不知道。

沒有我的那些年，究竟「我」在妳心中是如何存在的？給足妳勇氣走向死亡的那個人究竟離眞正的我太遠，還是太近，妳認得清這個妳爲他而死的男人嗎？或者那個人根本與我無關，我不懂，那樣的缺席竟會蓄積出如此毀滅性的力量，何況在異國重逢我早已不是當初妳所愛過的我了。來不及問妳，來不及向妳説明白，妳就決定了自己的期限……

「我想選一處海，很乾淨的海，結束生命。」妳説過，但我沒有勇氣相信妳會去實現。

母親去看妳，妳闔眼不動安靜躺著，然後從眼角淌出眼淚，據說那是亡者在見到至親愛的人禁不住所流下的，那一刻，妳一定希望看見我，便當作看見的是我了。這麼許多年來，我的遺憾也許祇是沒來得及用吻接住那滴淚。我爲一切感到羞恥。一旦妳在天上看清楚卑瑣不堪的我，妳的男人，繼續在世間賴活著，那簡直是比死亡更大的屈辱，妳太傻了。

每次回去探望妳，面對的只是荒草群繞著灰色的石碑，還有幾叢無人栽植自會開落的白色小野花，凝視那一排紅色的字鐫刻著妳的生年與卒年，好無奈人在世間最後就剩這麼一點交代，那數字刺痛我，深深的。很遺憾給予妳的竟是這樣的結局，我的愛。

求上天垂憐，妳的魂魄不再漂流於海上，終於得到安息。

而我，常常會問：是妳嗎？」

雨勢悍然從所有可鑽的縫隙滲進來，紅地毯積水一片翻倒了酒瓶和茶壺，壁火熄滅，玫瑰淋落成殘片，兩顆骰子漂浮於水上無知地搖頭擺腦，趁水牢洞穴尚未被完全淹沒，夫妻連忙迅速撤離。

牢門被重重掩上，菱形窗戶塗滿了深夜的黑，古堡聚會恍似昨夜一夢，情人節不過夢裡一場劫難，除雨，仍無歇止下著，下著，下著。月亮此時移走得很遙遠，稜角已擦掉，毛毛霧霧的，隔著雨望似搓揉過的棉紙。男人出走在雨濕空氣中，沈沈垂下一雙眼睛，睫毛間盈蓄著淚光。

聲音自我深處喊著：是我啊，我在這！

然而我們之間隔著一道說不穿的牆，我像給魘住了，被鬼魅掐住脖子，任怎麼都叫喊不出來，無奈地任他手執情書在寒冷中悲傷下去。唯一被時間允許的，只有我從來未曾停止過的深深凝視，看著他——

那一刻，天地合，淹爲大水。

一步一步走入海，海水逐次加深、加重，忽而載浮我在水面上，忽而壓沈我在水面下，阻止不了那一股殘暴又頑劣的力量，僅剩的意識是想抓住一雙手，一雙堅強有力的手，可以挽留我在人間，可我像給魘住了，被鬼魅掐住脖子，任怎麼也叫喊不出來——我不想離開，不要死……一口呼吸被水嗆在咽喉切斷了我的祈求，冰冷的身體越來越輕，連帶將苦痛與悲傷與對人間所有記憶一起升騰至天空成爲煙雲，無所依靠的煙雲隨即失重又掉落回海裡——魂魄紛紛被撕扯爲海裡一顆一顆泡沫，然後蒸發至天空隨雲擺佈，聚而復散，無止無休。死亡旅行結束在沒有終點不可見的未知。

他的情書陪葬在下著又下著的雨裡，那字跡也散而復聚，無休無止。

他方

有個妳，曾經生活在他方，
每一分每一秒的那樣度過，
恨過，痛過，
也深深相繫過。

若不是小弟寄來這卷帶子，並且聲明妳務必觀賞他的畢業製作，妳早習慣不讓自己去想了。想起來便覺得遠，好遠，遠在他方，遠得像另一個人的故事似的……

一九八〇年，布宜諾斯艾利斯。

一輛箱型汽車急駛劃穿冷空氣，半啓的車窗上映著一張小女孩的臉，隔著雨霧，專注看著外面飛馳的風景。

搭乘泛美航空三十多個小時，中途轉機兩次，妳卻顧不上疲累，急忙在心裡打分數——和父親從歐洲出差買回來的童話繪本差遠了！那一頁頁隨光線變幻色彩的圖片，立體舞動著城堡、公主、馬車，妳以爲所有的「外國」都該是如此啊。

「頭不要伸出去！」妳感到嚴重的失望，轉正身體坐好。前座的父親正和來接機的「人頭」商量著事情，在母親另一旁的弟弟睡過去了。

輪胎在雨地裡打滑，車身搖搖晃晃，雞油飯的畫面不由在妳腦中開始浮現，抵達前最後一份飛機餐，掀開看見黃膩膩的雞皮脂肪化在米飯裡，妳立刻驚跳推開，一口都不肯碰……鹼汁不住從舌頭湧上，妳在行經彭巴草原的路上嘔吐起來。父親回頭厲聲要母親把後座清乾淨，連帶使妳感覺到羞恥。

第一天，妳來到他方。

中美斷交之後台灣掀起一片移民潮，妳家的出走計畫陸續進行了不止一年，父親辭去某大企業的經理職位，變賣了所有可變賣的，前後共砸下一萬美金文件往返數十次才辦妥移民許可證。一家人、十六件龐大行李以及一個海運貨櫃來到既無親故語言也不通的阿根廷。

「阿根廷幅員遼闊，物產豐富，適合移民投資。」父親看書上這麼寫，美國簽證辦不下來，得先暫時找個過渡性選擇，想出國以後再作打算。懂點事之後，每聽父親這麼跟人解釋總會想笑，書上幾句話便決定全家連根拔起遷移到他方，多麼像一則笑話，代價過於龐大的笑話。

彼時台灣與阿根廷沒有任何外交辦事處，必須就近到日本橫濱的阿根廷大使館蓋章換取入境證明。而這趟移民旅遊恰巧碰上妳九歲的生日，他們在SOGO百貨選購一台自動削鉛筆機，印著粉紅粉藍的星星小孩乘著雲朵迎向月亮。

十年後，妳選擇回台灣讀大學，將裡裡外外痛快大清理一番，無意間在地下室重新又尋獲它，小孩的臉褪掉半邊，斑斑鏽漬蓋過了雲朵、月亮，妳手軟下來沒丟，也許因爲它紀念著妳的童年，最後一次生日禮物。

親友在機場送行時給一家人都套上彩色花圈，閃光燈連連，爭相合照留念，你們即將展開人人豔羨的移民夢，就像是要代表國家出訪的團隊，只差沒掛紅布條寫著爲國爭光。那些照片中的妳顯得愉悅而驕傲，全家人都是，看來沒有絲毫感傷，信心滿滿地以爲即將啓程到一個光明的未來。

好幾年，妳重複做著這個夢——

夢的內容就是回家，回到原來台灣的家，藉著車、船、飛機任一種交通工具，錯過班次就用腳走路，甚至還騰空飛起來。循著布宜諾棋盤式街道，街與街的門牌號碼規律相差一百號，一出發便開始計算數字，一直加一直加，卻不知怎麼就加不上去了，又減回起點，佇立在新家門口。

妳知道回不去了，總是被絕望的感覺緊緊魘住，哭醒過來。

新家位在市中心，特意選擇治安良好居民多爲中產階級的地段，被人頭、房屋仲介東敲西扣，二十萬美金才買進三層古典式別墅，這就花去了所剩的一半資金。父母將一樓車庫改裝成零售商店，賣些日用雜貨，一般華人都是這麼起步。兩座巨型冷藏櫃靠在牆邊便衹能擠出一條瘦過道通到底，一邊廚房，另一邊倉庫。小型電視機高嵌在廚房的牆上，輪誰吃飯便把電視當下飯菜一樣囫圇吞完，總得有人在前面顧著店，全家人很少能坐齊了一起用餐。倉庫則老不夠用，大堆小堆的被佔滿，都氾濫到外邊院子，太陽探進來也尋不著歇腳處，因此更顯得陰冷。

登上二樓來，正廳居中頂立著一座神桌，觀世音法相莊嚴，凜凜氣勢，早晚香火無歇，左右各懸題：

南海駕慈航，恩普眾生超苦海
西天懸慧日，光照萬姓被一天

母親再忙也不忘上香祈神，在他方，唯有她的菩薩收留了她的不安，她對未來渺茫的期許，比任何一個親人都還親。

任誰一眼就會被那一整大套樟木家具吸引住，父親好得意對所有來客解釋當初是如何花功夫挑選、設計、訂做，它們除了堅固耐用高雅悅目，還有上等樟木才有的天然幽香，不然不會那麼花費功夫從台灣海運過來。而它們也是唯一獲得保留的，你們一家移民前的生活遺跡：酒櫃、書櫃、飯桌、坐椅、躺椅、床具、衣櫃、梳妝台、書桌、置物架，細工雕刻著「緹縈救父」「彩衣娛親」「哭竹生筍」……。

回台申請好僑大宿舍的同一天，爲慶祝新生，逛到首飾攤妳決定往右耳鑽兩個環洞，左耳留全。腫著半邊耳朵，給父母打定時匯報電話時，心裡開著大朵大朵的笑，故意壓低聲音，害怕蹬到高點的雀躍會順著舌頭溜出來；不期然地，電話那端傳來……那套與你們二十年生活與共的家具——樟木氣味令妳寒慄起來，彷彿一縷幽魅消散不去，妳想掐死它，然而它遠在他方，不過是飄在異鄉的一套「二十四孝」。

阿根廷是個相當新興的移民國家，當初來到布城華人不到八百個，事實上多數台灣人如同妳家祇把這裡當作跳板，有機會就辦理二度移民到美國、加拿大、澳洲；也有的過了兩三年見政治局勢比較穩定，或是轉業失敗盤纏用盡，才又遷回台灣。後來造化雖不一，但移民者首先必須面臨的就是身分階級改變，不論過去他們曾經如何尊崇顯煥，或者窮鄙如草芥，華人在此能夠從事的大半是中下級餐飲、服務業。

兩年在匆促忙亂中生活才稍稍就序，八二年福克蘭群島之役戰敗，阿根廷發生嚴重經濟危機，通貨膨脹鬧得很厲害，父母從早操勞到晚忙著改標價、積存貨、將所有匹索（PESO）換成美金，週末假期一律開店營業，還必須雇用警衛嚴防搶劫。父親的一個朋友被逮捕，警方查出他連同一夥人計畫針對華人商家下手搶劫，妳家赫然在名單之列。

「你交的好朋友，自己看看！」母親將《阿根廷通訊》攤在收銀台。

父親連眼皮都沒抬一下，老早聽到中國城那邊風聲了，挺納悶這朋友開銀樓的何必搶到六親不認，圍棋下得不錯，講起茶葉還頭頭是道，怎麼會呢？

母親得不到回應便再接再厲：「活到幾歲了！還不會看人！家裡生意都做不下去，你倒有空出去交朋友。」

「又不是去花天酒地，出去下棋聊天都不可以唷？」

「怎麼不來搶我們家？搶光了最好，我就不必在國外受罪！」

「又來了，要是我賺很多錢，妳還會抱怨麼？」

沒有一時半刻爭端是不會停止的，妳已習慣到充耳不聞，連無奈都省去，這一向不會有結果。生存的問題實在太迫切，父母雖節制自己去惋惜過往的榮華，卻又常憋不住新仇舊恨一起清算，幾乎沒有一天不吵，也的確有太多事可以吵，每一天的生活都是新的困難的，一對中年夫妻操著生疏的語言開創事業，如同兩個半文盲要應付大考。

然而極少數華人趁亂發跡的神話激勵著他們，香港經濟犯、越南難民、大陸偷渡客，比他們窮得多低得多，卻從全無到大有，在異國土壤上闖出一番局面。

獨資或者合夥，父母嘗試過速食外賣、冰果店、餐廳，結果均以蝕本收場。一踏上這塊土地家業便逐日下降，從大有到漸無，父母想不到當初所做的決定會回過頭來掏空他們。

母親鬧過不知多少次要回台灣，好的壞的都說盡了，但對父親而言，怎麼就是過不了面子那一關。前半生努力的成果擲下去尚未收穫，就要他宣布移民的決定完全錯誤，對他著實太難堪，因此母親跟他鬧再兇，他還是寧可將錯就錯，將日子混下去難保哪一天在海外發跡成功的不正是他。

母親卻無法混著過日子，她對未來毫無安全感，拚命省這個算那個想爲家裡多攢一點錢，對於環境與人事時時警覺著，她不相信阿根廷人，不相信阿根廷政府，她深心裡認爲這一切只是暫時的，像一場荒誕脫序的夢，她永遠不會變成外國人，遲早還是要回歸故鄉的。對外她也是好面子，從不打電話跟娘家訴苦，祇會對你們絮絮叨叨：

「有時候睡覺醒來都不敢相信我人在國外，我怎麼會到國外呢？我又不愛旅行，只想過安定的生活。」

「我們在台灣日子不是過得好好的麼，台中有棟別墅，妳爸當經理，我在省政府當秘書，生活很不錯了，當初怎麼會答應他出國？我一直就反對嘛。」

「什麼物產豐富適合移民投資！每次聽你跟別人這樣說我就氣，書本寫的你也信，阿根廷根本就是爛國家！」

父母成日忙著事業，不知從何時起，妳取代了原來母親的角色，掌管所有家務，兼職照顧弟弟。沒有人眞正留意到妳，妳很聽話的也就認眞忽略起自己，祇一心注意父母的眼色，自己趕忙去兌現他們的要求與期待——是不是累了？是不是不開心？放學記得去繳電費，爸吃清蒸的魚，媽要少放油的青菜，早餐是稀飯配中國城賣的醬瓜，晚餐得有道熱湯。他們一吵架妳便會拉開弟弟到一旁，他小妳五歲尚不解事，自己也恐怕聽到更壞的消息。

早明瞭小公主的日子是永遠不復存在了。

唯一能夠安慰妳的是偷吃，家裡開雜貨店對小孩子就有這好處，展眼全是繽紛漂亮的零食。站櫃臺吃，打掃吃，盤點貨物時也吃，還會在半夜摸黑游到準確的位置，一把抓起就往嘴裡猛塞猛放，藉由那種羞恥感來塡滿妳自己也說不清楚的匱乏。除私下搖搖頭嘆口氣，父母當面不大責怪，他們亦明白除此妳別無「休閒」可言。

原本降級入學與一張亞洲臉孔已讓妳不自在，平時在班上總盡量圈束自己，安安分分不去引人注意也不刻意討好團體，但變胖的身體卻像一具醒目的招牌，走到哪裡便跟到哪裡，男生朝著妳笑罵胖子！胖子！下課時間妳在溫習功課完全不動聲色，死命用更大的冷漠作回應。

小學時代的妳沒有朋友，既自卑又驕傲地躲在課本和圓胖的軀體裡，而另一件事的到來又著實困擾妳好半年。最初懷疑自己得到重病，或者搞不好是痔瘡；母親長久苦於此疾，曾幾次讓阿根廷醫生看診開過藥。她習慣抱著一大疊中文書報蹲廁所，進去就是個把小時，聽到敲門聲方才捨得起身。家人早習慣一叢叢衛生紙糊著血跡，中文書報沾染一股濕潮腥氣。在這裡可以看到的不外是中央日報，華僑辦的阿根廷通訊、台阿新聞、台灣周報，經常上期不接下期的，但一遍遍重讀她也樂此不疲。

隔陣子「痔瘡」就會來一趟，伴隨著胸部脹痛和下腹部緊抽，妳堅忍住沒說開，將一疊衛生紙墊在內褲上，小心謹愼地邁開動作。在隔兩條街巷口的魚店裡，感覺衛生紙順著長褲的褲管滑下來，妳沒法從容應付，驚慌下只能跑開衝得老遠，擔心老闆會揭穿妳身上的秘密。是西班牙文家教發現妳換洗的褲子有大片血跡，跟母親提醒有這一回事，母親對妳一點什麼都沒解釋，神情莫測從架上抽出一包東西，囑妳記住每個月有「狀況」就拿去用。

延請的各門家教一直沒斷過，父母對於這項開銷完全樂意不保留，在失去財富、夫妻感情和睦之後，他們將全付希望放在孩子身上。西語家教是年方十七、八的女孩，華人圈都知道她上過電視，張俐敏主持的「大螢幕」有一集介紹阿根廷，便是由她來導遊解說。記得當初妳怎麼都發不出大捲舌音，她芳華少女的酒窩便會深深浮現，顯得她比妳更不知如何是好。她一家來得很早，父親原是大學教授，在這裡夫妻倆忙著包春捲再四處送賣，女兒懂事又爭氣，以優異成績順利申請到醫學院。她是妳心中的典範，自己也要成爲父母對外可以驕傲的女兒。

妳早警覺到西班牙文對家裡是最實用、最欠缺，又最不能欠缺的，對外周旋即使有理也得用西班牙文才說得清，說不清那只好自己吃虧當散財傻子。阿根廷自詡是南美洲最「白」最文明的國家，對待移民可並不友善，你們就不時遇到客人挑釁：

「滾回你的國家去！」

「你們外國人跑來搶麵包，我們吃什麼？」

「聽說中國人連猴腦都吃，這些東西不會有問題吧？」

在你們不熟悉法律和民情的狀況下，任何事要獲得最迅捷的效果就是投幣下去，不掏錢事情往往運作不了。人家瞧你們一臉黃，就是好欺負，硬是拿一些章法扣在你們身上，說到底都是要錢。妳氣急敗壞從警察局領回父親，名目是開車用假駕照，沒錯，駕照是假的，超過一半的阿根廷人駕照都是假的，因爲上駕訓課、考駕照都要賄賂給更多紅包；瞧警察那副死要錢的嘴臉，妳將指甲深深陷在手心掌肉裡，怕自己忍不住一耳光打上去。

這個他方，蠻橫不講理，單講錢。

除了家務，妳將大多數時間花在課業上，因爲分數的居高臨下給予妳唯一機會可以把其他同學踩扁，令他們不敢看輕，這種勝利的姿態一直維持到妳考上第一志願的布宜諾斯艾利斯大學附屬中學。妳逐漸厭倦去扮演「好」的角色：好女兒、好姊姊、好學生，感覺到自己過分負荷了父母的要求，妳不過是他們向外炫耀的工具，他們用妳的「好」在平衡移民的不得志；然而除了妳的好，誰又眞正關懷到妳？妳其實並不眞的那麼好，那些好不過是自己強加給自己的，重量累積起來已經超出妳的負荷。

初二開始肩著書包四處晃蕩，明明知道這樣蹺課下去的後果，仍執意孤行，潛意識在等待這件事炸開來，看自己的好戲。

「收到了嗎？姊，大師級作品喔。」當初小弟堅持要唸電影學院，母親恐怕兒子也被「逼」走了，不願意但祇好順著他。每個人與他方的合拍程度不同，小弟顯然並無適應不良，偶爾回來還嫌台灣空氣污染交通恐怖。

劇情敘述一名華裔年輕人四處遊蕩，手持攝影機成天問人：你覺得自己是誰？

妳專心看著，然而怔怔地，跟不上劇情，心思輕易就隨處被牽絆，七月尖碑、玫瑰宮、五月廣場、銀河、地鐵站、商店街、成蔭的行道樹……每一格畫面都貪婪地攫住屬於它自己的一份記憶，也有不少畫面在記憶以外是那樣的認生，七年沒回去，布宜諾貞變了好多。

這七年來，大學畢了業，考進國營廣播電台，每天用西班牙語播報國內外重點新聞，偶爾採訪黨官名流，回覆些無關痛癢的聽眾來函。大學時代以及工作場合常有人好奇妳一口流利的西班牙文、妳對阿根廷的看法，可妳不肯輕易想起那段讓妳不記得怎麼笑的過去，痛苦是盡職的思想警察，會割舌，讓記憶啞言。

「聽說妳是在阿根廷長大的，眞的麼？好特別喔！」妳無法接話，討厭那語氣中對異國情調不明就裡的羨慕，也出於奇特的防衛心理讓妳說不開，離開當時正值「國難」，舉家移民簡直就是「叛逃」海外。

鏡頭來到了中國城——阿根廷偌大國土上妳再熟悉不過的巴掌地，來回不知穿梭過多少回，就在這條不算長的街上，這塊長在他方的「故鄉」。大塊「中華會館」匾額銜在門楣，兩旁紅燈籠流蘇款擺；「中國屋」名稱沒改，但已從雜貨舖擴充成大型超商，生意依舊熱絡；供給移民需要的一排餐廳、糕餅店、旅行社、銀樓、藥局、五金行，中國城顯得新了、整齊，還帶點澀澀的做作感，由於那新以及整齊。

妳帶著「他」，也曾經走在這條路上，拿起農民曆跟他解釋，其實自己都挺隔閡的，還膽敢翻譯後面附的幾則解夢，你們都不理解何以流星沒落下來表示要搬家。

跟隨著影像，妳遇見一款顏色，一種含意很複雜的氣味，一個城市在肌膚上的觸感，記憶不自覺的沿著線索前進、前進，起初只是零星的揭竿起義，後來就變成洶湧的千軍萬馬——

「妳哪兒來的？」不知道他問的是妳的國籍，妳哪一班次，或者是調侃妳在非課後時間不該出現。

妳沒回應，他先拉開嘴角一彎弧線，表明善意。他看來像是高中部的學生，正用那管巨大的天文望遠鏡朝天空望去，大白天的不知有啥可看，你們正在學校的最高點，窗外可以盡覽布宜諾市中心景貌。這男孩不似一般阿根廷人那樣豐眉大眼，清朗而富書卷氣，他是天文社的，喜歡指手畫腳述說天宇之事。妳又來過幾次，事情就變得彼此都有所期待，期間妳總要無謂地幾番掙扎，對自己強調：他是外國人。

從他開始，妳才眞正認識他方。

再沒有見過那樣色彩的一條街，波加碼頭（LA BOCA）鐵皮屋都用剩餘的船塗料漆上，鮮豔明亮的綠紅黃藍，據說當初是爲了讓船隻進港時遙遠即能辨認。十六世紀西班牙船員在此登岸，隨後大批歐洲移民陸續湧入這片南美大陸，他們將這裡命名爲布宜諾斯・艾利斯（Buenos Aires），組合起來意思是──「好空氣」。

一起遊蕩的日子裡，好些即便知道了也不曾留意的事才變得點滴在心頭。你們獨處在世界一隅，沒有任何人知道，除了環繞在你們周身的「好空氣」。他像一面最善良的哈哈鏡，將妳厚重身軀化爲輕盈，深度近視眼變得澄明，妳不再令自己厭倦，眼光新鮮起來，妳看見鏡子後面有他方的天空、草原與海水。

妳私藏下學校寄來的曠課通知，像名失業者提公事包按時上下班，等暑假結束才向父母坦承遭到退學的事。終於，妳在他們心中完美的好孩子形象毀了，妳感到前所未有的快意，逼他們將眼光重新放在妳身上，他們太驚愕於這個陌生的妳。妳早計畫好明年要轉學到美國學校，至此他們哪還有反對餘地。

賦閒在家與母親相處機會一多，感覺自己像個現行犯，容易被數落賞臉色。雙方起了口角，母親竟引用妳日記的內容來反駁，妳呆空了幾秒，兩串淚急下，轉身就衝上樓大力甩房門，那裡面藏著對他的心緒，一想到那坦白的行行句句就難堪得發燙起來，母親讀了沒讀？

抓起電話打到樓下：「妳有什麼資格偷看我的日記？妳懂不懂尊重別人啊！」幾日不說話也不在家吃飯後，妳改用西班牙文寫日記，中間夾雜些縮寫隱語，還經常更換地方塞日記，母親仍是耐力不懈地翻找。

休學那段期間妳著魔似的開始學語言，既然對數理沒轍，妳想唯一可以勝出的專長單有語言，西班牙文以外的語言，這也是何以轉學到英語教學的高中。自己打電話向法國大使館詢問課程，到日僑學校拿資料，甚至上完一整套德文文法變位。中文更是從未斷過，持續到中國城的文教中心聽課，央外婆從台灣寄中文書，老師誇妳文筆流暢，不像其他孩子一出國就把中文丟光。

他的父親是法國人，妳央他，一連串輕若呢喃的語句便自他口中掉落，那聲調意境彷彿是妳摘下眼鏡之後所看見的世界，朦朧然而眞誠、美好。他說將來要「回」到他方，像Che在南美大陸流浪一般，巴黎是他終究要完成的一個夢。這段無以爲繼的初戀，家裡不會同意，連妳自己都有時不同意，帶點背叛了什麼的罪惡感，而他將前往的方向，與妳的沒有交集，於是妳先喊了停，執意的。或許因此唯有法文讓妳學到高中畢業，妳單獨在心裡進行一場紀念儀式，穿過法文彷彿是他依然在輕語呢喃著……

擁有數種外語能力的多年以後妳才明白自己並不想勝過別人，妳其實準備要離開，語言是在治療妳的夢，徒然繞圈圈始終沒有出路的夢。語言讓沈重的失落逐漸減輕，妳抓到力矩的支點，那是一種希望，彷彿多學會一種語言，妳就多贏得一些離開的籌碼。妳在蓄積一股安靜的暴力，要甩開任何一切的拴束，妳知道遲早用任何方式妳都會離開，他們留不住妳。

美國學校的學生多半也是外國人，相處起來比較自在，妳樂意參與門類繁多的社團活動。在房裡和同學講電話，母親用樓下的總機偷聽，妳故意拖延很久顯得有很多事可聊，西班牙文講得快速又雀躍，結束前丟出一句中文：「媽，妳聽完了沒？我要掛電話了。」

晚上超過九點半未抵家門，她竟照著妳的通訊錄一通一通電話打去查問，妳內心的可恥感幾乎要爆裂：「我都要十九歲了，妳這樣是故意讓我丟臉！」妳暗自慶幸早防著母親，沒將他名列其上，妳不願意他知道妳有這麼一個家庭處境，寧願保留一段讓彼此不必跟現實靠得太近的距離，何況如今已經不再見面了。妳單獨下的決定，然而潛意識裡又歸罪於有這麼一個母親讓妳不得不如此決定。

妳身邊所有的異性都是嫌疑犯，都有潛力妨礙妳繼續保持清白女兒身，她查勤、查電話、查日記做足戒嚴功夫，就是要確認妳的行爲完美複述了她的道德觀：「一個女人最重要的就是名節，妳不要學外國人亂來，名聲不好會被人瞧不起，一輩子就毀了。」

母親的腦子從未曾邁出國，還是活在幾十年前她所成長的鄉下家庭，忠實保留舊時代的觀念。她過的是「匣式生活」，不看西文電視不聽西文廣播，只讀中文報刊，偶爾聚會就找華人扯長道短，跟整個阿根廷社會無甚交流，移民不過是把匣子從一處遷到另一處，那些觀念也一併連根搬動，在異地缺乏安全感的催化下深紮得更加牢固。

每天一下樓，收銀機旁的母親便開始啓動嘴巴，妳的全身上下從裡到外，整個人組成的元素以及周邊涉及的細節，「頭髮梳一梳，旁分比較好」「腿又不長，穿短裙難看啦」「背包的帶子怎麼長到屁股，不三不四」「耳朵上貼什麼亮亮的？」她是挑剔的美食家，妳怎麼樣都不對，對不上她的胃，她把妳磨到已沒有氣可生。

妳練就將母親當空氣一般透明，她說她的，高興就回，不高興就當耳邊風。然而不應該是這樣的，妳在心裡跟自己也抗爭著，妳其實對母親很容易就召喚出溫柔的情緒，出於一種同情。這個家畢竟由母親隻手扛起，妳有時看著她簡直難受極了，心裡眞正想說的到嘴邊又全變了樣。面對她，妳總在情緒兩端辛苦奔波，那種疲乏讓妳偏要將裙子穿得愈短，頭髮撥得愈亂，在家時間愈少，藉由一些細節來實踐妳的叛逆。

這時已不可能將尋求瞭解的眼神投向父親，他根本不管事，移民後來變成爸每天必須承認的失誤，因爲媽不肯忘記提醒。他乾脆拱手退讓決定權，和媽架也不吵了，幫客人結結帳、打電話叫叫貨、種種花草，身子骨也挺配合的成日就鬧些小疾小病，粗重活另外雇個工人。現實的挫折支使他將一切看淡，他明白自己的人生已經過去了大半。母親早認清再沒有誰是可以依恃，若她倒，塌下來的是一個家。

妳覺得兩人不是母女，是定義特殊的主僕。她奉獻自己給這個家，去成就妳所能獲得的一切，妳有義務對供妳吃穿的主人忠誠，僕人怎允許有自我主見？

「學費這麼貴不是讓妳去玩的，每天往外跑書讀到哪裡去了！」妳摸得透她的私心，她太羨慕妳的自由，不願妳活在她理解不及、她無法認同的世界，那世界對她太陌生了，埋伏著失去妳的危險，她不甘心，所以她要無所不在地干預妳的生活。

妳刻意讓自己很忙碌，週末假期也不見人影，妳的我行我素傷害了母親，一個深夜，她有禮貌地敲敲房門，一本英文小說枕在妳膝上，莫名自尊揉合著報復的欲望，妳硬是沒讓自己目光離開書本，發覺她沈默不語，良久，妳才問有甚麼事，母親用一種哀傷、退怯而又疑惑的眼光看著妳：「妳不要我們了麼？」

她的愛讓妳好恨她，因爲無法徹底恨，於是就更恨了。

妳自私，心疼自己的青春蒙上古老的霉塵，妳要阻止命運被修裁得方方正正，趕在未來之前。九歲妳已經開始老了，童年迅速落得憔悴枯淡，初戀還未盛放便草草收尾，這樣的情節絕不堪重複，妳要往外尋找自己完整的生命。他們愛妳，就衝著這個令彼此心碎又心痛的字，妳非得要離開，非得各自在遠端不可，一接近妳就覺得彼此的關係好不得已。

十年過去了，那套「二十四孝」仍在服務著全家生活起居，樟木的香雅氣味穿透時間留存在各種物件當中：母親出國前裁的一襲厚底金蔥紅棉襖，溢出血腥味的廁所垃圾桶，兩巨冊黑底描金邊的《精裝漢西大辭典》，餐廳桌上幾卷租借的台灣綜藝節目錄影帶，地下室的一堆舊物什物，還爬上三樓鑽進妳房間，就貼在中華會館所頒發的海外兒童作文比賽優勝獎狀上……深入肌髓似的再也無法驅離。

偶爾意識到樟木味的片刻，妳會倒抽一口氣，那氣味伴著這個家就這麼溫吞的宿命的遲遲悠悠老下去，聞起來像是製作木乃伊的防腐香劑。

高中一畢業妳堅持不在阿根廷繼續學業，即使寄出資料申請台灣的大學一間也沒錄取，必須先進「僑大」補習一年再參加考試。然而妳堅定要離開，就在二十歲那年，回到台灣，終於實現了夢的內容。

鏡頭淡出。

妳遇見的其實是自己，記憶中的自己對著妳喊：是我啊，我在這！

感覺與自己和解了，在記憶面前。

發現那裡變了好多是因爲其實妳從來不能遺忘，十年的移民生活曾被妳遠遠拋擲，天涯海角它認得路又自己繞了回來。十年眞是一段漫長時光，有個妳，曾經生活在他方，每一分每一秒的那樣度過，恨過，痛過，也深深相繫過。

當夢一旦實現，即不再是夢，畫了一圈最遠的成爲最近，而最近的卻又遙遠成另外一個夢。在遠近之間奔忙，台灣—阿根廷—台灣，然而哪裡才是眞正的家呢，妳的歸屬感一直沒有答案。

那九歲小女孩緩口氣把重量吹得輕起來，試圖與悲傷保持距離，窗外不再是那個令她失望的「外國」。

他方，妳記憶所在的永恆之城，布宜諾斯艾利斯。

雪後

夢裡那樣真實的觸感，雪，她見過的。

那條界線即將消失，即將被揭開，

真實與夢境，光與影，雪色與白色，

是那處曾相見，相看儼然。

第二次看見雪在梁淨意的想像中已經發生過太多次，變得失真，無眞可循的失眞。

就稍微奢侈點吧，這事說來美麗

「梁淨意，作文寫得很好，但不符合規定，暑假作業要寫這兩個月眞實發生過的事，所以只能給乙上。」淨意垂首，導師遞還本子，手指切到犯規的那一頁，四射來的目光令她兩頰烘然，光盯著標題「下雪記」，後面一大片內容慌慌張張跌跌爬爬辨不清了。

至今，仍相信自己見過雪。

從巴黎火車站出發不知行駛了多久，車輪滾著鐵軌，輪迴出一種規律的節奏，不疾不徐，是距離也是時間的聲音，夜班車特別容易讓人生出遊子一類的感觸。對淨意而言，這聲音前去的方向是座以阿爾卑斯山雪景聞名的小城鎮。

夏天在社區巷子裡曲曲折折，午后靜息時分，朗天，藍空貼得好高，許是炎熱的，太陽卻沒有溫度。她著一身白色滾水藍邊短衫短褲，跟一群小孩子嬉逐著，心跳得異常雀躍，突然——大家全仰起臉向著天空，一星點一星點的甚麼飄落下，輕輕沾著睫毛，頃刻之間白了整個世界。

下雪了！

淨意寫的是夢，炎夏夜的一個夢。

北回歸線穿過淨意的家，夏至當午，她或者誰，沒有影子。

這事實唯一留下的影響是每當日光將視界製造出陰影，明與暗交界之端，她就會聯想起那條虛設線是這樣穿過的，極不科學的直覺。

「我小學畢業旅行有經過水上鄉，還買了紀念郵票，有座很高的白色紀念塔不是？」許許遞過來這麼一句，淨意接不上腔。

大學以前她一直住在嘉義，對學生生活維持著平常感覺，不大喜歡團體活動，而從旁人的角度來看自己成長的環境，除地理課本以外挺少有。她該簡短回答「是的」或者「我的小學畢業旅行是到台北參觀中正紀念堂」？淨意不欣賞自己這種無謂的遲疑。

當時兩人不熟，淨意最早到旅行社發現一袋牛皮紙信封，上面指名道姓寫滿警告許許「褲帶拉緊一點」「下賤貨走著瞧」之類的話，她立即撕下過期彩色月曆包起來，暗地裡交給許許，是這樣從此好起來的。

那個夢之後，她偏執底區分出了雪色與白色。

雪的顏色與白色並不相等。顏色裡面雪獨立成爲一項，白色衹是貼近的解釋。一直將白色相加，堆疊成極深極深的深白色，才是夢裡面沒有走到的終局，她以爲的雪色。淨意嚮往的那種可以埋覆一切堆得極厚重的雪，最好生命當中也如此痛快徹底下一場，茫茫大雪。

「妳的心裡感覺意識太強烈了，作繭自縛、沒事找事說的就是你們這種人，小心！別將憂鬱症看成是夢幻美少女的必要配件。」許許命她塡完時尚雜誌的心理分析遊戲，大口嚼著日本減肥口香糖一邊大聲嘲謔她。

四人臥舖車廂，空著一個位置，說不準哪一站會被塡滿，夜間普通車一般連小城鎭都會停載。另兩位旅客年紀很輕，以動作來判斷應該是對情侶，語調連綿，嘴常嘟噥著。當導遊的許許取笑過法國人講話像是想要接吻。

玻璃窗格有如電影膠卷，滑梭著夜間景物，相隔的路燈於是連成熒熒一線，車廂內的燈光重疊在那條線上，顯得一切迷離不眞確，難辨窗內或者窗外。

三個人眼神偶爾交觸，二對一的局面，她稍稍不知所措，側身翻出背包裡的旅遊資料來研讀。爲了這趟旅行，工作安排頗費周折，她延後放年假又跟人調班，票務工作很繁忙，旺季一般絕對抽不開身，多虧她平常盡職本分，主管鐵不起面孔不批准。畢業後就進入這家旅行社，因應風水師的光臨，八卦鏡、財神爺數度易位，名稱至今也換過三個，她倒一直待在票務組。許許幫她安插進歐洲自由行，付團進團出的票價。

「小意妳煩不煩，還考慮什麼嘛，自己在旅行社工作卻祇玩過香港，講出去會被人笑死。巴黎耶，妳就算不去紅磨坊，也可以到聖母院排隊登記啊，看他們收不收台灣單身女子。」

她一眼便挑了個滑雪行程——此城終年積雪，可以迎接阿爾卑斯山第一道閃耀在銀白世界的曙光，以及觀賞冰川碎削所形成的宛若天上銀河奇景……

趕不及吃年夜飯，打電話回嘉義，意外是阿嬤接的電話：「我沒代誌啦，妳好好照顧自己。」淨意聽了難受，老人家恍恍惚惚大半年，時好時壞，還跑到人家田裡嚷著要挑菜去賣。媽這一年回去得很頻繁，和阿姨舅舅們輪流看顧，爸也去探視過，離婚之後爸媽一南一北其實甚少聯絡，阿嬤一向對這女婿有份敬意，總說是有學問的外省仔。

二十九歲，青春的最後一年，又是一條虛設的線，穿過去也並沒有什麼，接下來人生已大致不會發生甚麼過分驚異的情狀，如往常一般，悠長而重複著點點滴滴。也並非刻意做什麼來強調年齡的分界，她不是那樣的人。她喜歡躲，一直是這樣，不刻意，無可無不可的還好，躲著對事情發表意見。所以跟許許要好，許許是個對任何事很少沒意見的女人。

淨意想就稍微奢侈一點，安排讓自己再次看到雪，這事說來美麗。

夢，何必非夢

陌生使一切官覺分明清楚。空腹感擴散開來，近午夜似乎不適合在車廂內進食，而且她準備的都是些素乾糧，拆開塑膠包裝然後喀喀咬著，那聲音恐怕巨大的討厭，淨意祇得忍著餓。

父母虔誠信佛多年，懷上她，決定了她就是個吃素的，髮膚、骨血、體魄徹底都是。取淨意這名字緣於《了凡四訓》附錄的〈俞淨意公遇灶神記〉，以爲人是可以方生覺悟，進而改變自己的命運。她最基礎的道德觀都是父母講授的佛理，因果報應，五道循環，戒殺生，戒欺謊。父親要求她每週得臨帖一次——「凡有貪淫、客氣、妄想諸雜念，先具猛力，一切摒除，收拾乾乾淨淨，一個念頭。……」

打小便怕螞蟻，因爲不好趕開又容易弄死。

被發現房間裡有鹽酥雞的油紙袋，她辯解自己是出於好奇，母親覺得小孩子不懂試試也無妨，父親不以爲然：

「就因爲不懂，才需要大人替她選擇，吃那些垃圾，髒死了！」那語氣深惡痛絕令她絕不願向髒邊靠，也不再讓身體摻進半點垃圾。

和同學一起光顧速食店，唯一能點的衹有沙拉，也遇過碰巧什麼都不能吃的情況，光她在一旁乾瞪眼大家漢堡炸雞薯條也啃得不痛快。學到教訓之後她總會隨身帶著素乾糧。人群在周邊穿梭，淨意沒甚麼感想的身處其中，唯一衹覺得距離保持在人與她之間，像似在局外，熱鬧不見得有她份，那個距離，她習慣了。

多年下來吃素不單單是習慣，甚至內化成爲一種天性，肉味一靠近淨意就會反胃、想吐，她是一個對葷字過敏的人。裙必過膝，笑莫張狂，靜如處子，嚴守男女之防，這些帖子上沒有的，父親重複言教，她熟聽到完全無感，可也極少違背。

外表如此謙謙君子，父親動怒起來也甩過她耳光，幼時懷疑自己不是親生的，想要收拾包袱離家出走，轉念又擔心留下母親一人太孤單。後來家裡有幾年的確過分安靜，父母很少對話，自然無所爭執，可親戚間都曉得夫妻感情不好，外婆淚眼勸合不勸離，兩人又都任職同一所國中，父親還是教務主任。被壓在那般空氣底下，淨意知悉了世情總有個難處，不在對錯，人終究無法抗拒時間所切穿的人生，坑坑痕痕，說到底是莫可奈何。直到外婆露出老人失智的徵兆，要淨意到廟口喊過世已十年的外公吃飯，他們不久才終於離成婚。

曾經，淨意生命中出現過一個人，使她恍惚了那個知悉。他說我喜歡妳的乾淨，和妳名字一樣。淨意彷彿聽見「下雪了！」星點星點飄落的愉悅鈴響，那仲夏夜之夢，雪白了她的世界。

淨意於是努力搬開她所習慣的距離，跳出局外，以她整個心思去理解和一個人親近這回事，一齊關心新型車款、四大網球公開賽、布拉姆斯交響曲所有名家演奏版本，甚至爲對方買肉做葷菜，雖他體貼地表示吃素對身體很好，任何事他都樂意陪她一起。

也許是一頓飯、一次會面、一通電話、一個她已經遺忘的片段，有甚麼不對了，兩個人的親近無間逐漸疏離起來，相處變成平淡的習慣，習慣卻加擴了那個縫隙，淨意不知該從何檢討自己，時時又懸念著那種缺空的感覺。他先提了，信上寫著我們是不一樣世界的人。

她不意外，鬆了口氣，對世界從沒存望太多，和他這段不過是證實了情感虛弱而又無奈的本質，淨意未必不明瞭這是自我解慰。不知該如何回應於是就不回應，與她無關似的不需要她參與意見，淨意單單不明白自己怎麼可以活得如此不敢用力。

螞蟻大隊沿著她的書桌行軍，一條蠕動的虛線般，爬著、爬著，虛弱了她的官覺極度按捺不住便用一疊衛生紙撥走，部分聯軍遭碾過，屍體散發出刺鼻的化學藥劑氣味，清涼血腥。

到底雪後面藏著什麼？

男孩將原本架在牆上的床墊放下來，淨意起身讓他服務，女孩比手勢問說他們一人一邊睡上面可以吧，接著遞過來包在塑膠套裡的枕套和被單。這白色被單鋪開來像是兩片，一頭開，一頭合，淨意看他們做才明白，人將身體夾在其間，上面好再覆一條公用毛毯；淨意只夾到腋下，不再往上拉，也不敢深呼吸，毯子上有些毛絮張飛著。

從盥洗室回來，車廂內的光已調暗，淨意熄燈關上房門，將兩個盤狀的鎖轉到關閉。她一向對搭乘長途公共交通工具有種畏懼，飛機尤其難堪，一群人吃喝排泄什麼都在一起，偏偏最重要的睡眠卻落得委屈。二月天氣，暖氣已扭到最強，窗戶縫隙還會頑皮地鑽出冷風，她便挪一個身到另一頭睡。初次在火車上過夜，挺意外自己反而釋然，火車的移動節奏變成身體的一部分，跟著搖搖晃晃有若躺在搖籃裡，磬磬嗆嗆的聲響，蓋過了與陌生人同宿的尷尬。時差關係，一時難眠，淨意任由念頭來去。

明天一早，她會看見如何一番光景？

夢裡那樣眞實的觸感，雪，她見過的。那條界線即將消失，即將被揭開，眞實與夢境，光與影，雪色與白色，是那處曾相見，相看儼然。雪，不可說，不可說……

叩！叩！不知響了第幾聲淨意才聽見，男孩快動作跳下床將盤鎖轉開，門嘩一聲，霎時透亮，接下來一陣窸窸窣窣，安置行李掛外套脫鞋攤開毛毯，刻意不打擾人的輕聲，聽見房門又扣上，淨意稍稍清醒的意識，轉過身又推向更深沈朦朧。

她一再遲疑，遲疑，不可能啊——

會不會是自己的錯覺？

露在毛毯外的手被一股力量牽動著，緩慢底，將她手從胸前拉到床沿，那力量輕到彷彿是手自主要伸過去的。直到她的掌心微癢，暖和起來，她才證實那的確來自另一隻手——方才上車的旅客——一個陌生男人牽著我的手為什麼？

會不會有進一步動作？這太荒唐，他怎麼可以如此大膽，太不合乎常情，這裡還有別人，難道不怕我大聲喊叫、按警鈴。淨意不動聲色在心底這般推演，但沒有抽回的意思，感覺似乎不適宜破壞及至目前尚不明的狀況，也眞不知該如何反應。

繼續維持假寐，隱約希望對方就此歇止，在她的好奇心還沒有消失之前。那隻手卻沒有放開的意思，亦無其他動作，連力道都是維持一逕底輕柔。一個陌生男人牽著我的手，爲什麼？可又爲什麼不呢？淨意升起一股莫名的想放肆下去的慾望，因爲那觸感如此輕與溫柔，且不由分說地銷蝕了她所習慣的距離，她像被這隻手給魘住了，動彈不得。

他的每一根指節穿插她的每一根指節，爬梳著彼此，無數個回憶與當下亦如這般交織著，那些被時間切穿過去的歷歷往事，那些被知悉而難以擁有完整期待的未來。

淨意遐思起自己身如弦，他輕輕撫撥著，從手，然後尋著唇、頸、鎖骨，沿途吻下去——他喜歡我的乾淨，願意陪我一起吃素，那與我在不一樣的世界相戀過的男子。

她不想張開眼睛，裝久了彷彿一睜眼便前功盡棄。對方的眼睛正看著這一切，抑或如她也緊閉著單純享受指節間的觸覺？於她心間流動的問題，在他卻不是，或許不公平，然而被注意被觀看被慾望的愉悅，使淨意心頭揪緊起來。

他們誰都不曾開口說話，那是在指間產生的默契，除了單純地牽著手，並沒有你來我往塡一份社交表格，姓名年齡職業什麼一切都啞著，人因此而簡單，她一直嚮往而往往不可得的乾淨。

—爸，大陸機位已經訂好，泰航，在泰國轉機比在香港轉便宜，回程你要再確認，我現在給你泰航的國際服務電話。

—我爸媽都是虔誠佛教徒，這名字是我爸看「了凡四訓」取的。

—媽，拜託妳叫阿姨不用幫我介紹，最近公司很忙我沒空，每次說吃頓飯之後都還要去喝咖啡看電影，而且下個週末我想回嘉義看阿嬤。

—阿嬷，我是小意啦，最近身體有好嘸？

—您好，票務組梁淨意，有甚麼需要我爲您服務嗎？

—不好意思，這是妳的包裹，我最早到就先收下了，沒，沒其他人看見。

她的生活無非是由言語所堆起的一座廢墟城堡，嚴整完好而又虛弱空洞，或許他也是，所以他們共同決定了沈默。雪落無聲，奇靜。

淨意想哭，意識到此之前，淚已從眼角滑向髮際，濕了枕畔。

車輪滾著時間向前，空間無限走遠下去，除了兩隻手的相遇，什麼都沒改變，歲月靜好，現世安穩。

淨意夢見那個夢。夏日午後，朗天，空氣晰淨，那孩子是她現在的模樣，嬉戲奔逐著，雪，於不經意間已飄下，藍天攀在雪線邊緣，像一整扇毛玻璃似的，世界透明起來。她想雪後面到底藏著什麼——

有一個人，分明看見他，夏至正午，卻沒有影子。

時鐘聲音在畫外滴．答．滴．答．滴．答……

她追過去，循著雪的印子，追到明暗交界處，雪地上反射著一束熾烈的光，刺痛了她的夢。

她想喊，被什麼給魘住，喊不出聲。

四野盡是雪光所反差出的黑暗，不遠處一座高聳白塔陷在陰影裡，比夜更黑更暗。

如流星直落般，列車渾身著火往前奔去，夜空被燒出發著火光的傷口。

誰敲破玻璃窗一陣濃煙衝冒而出，火車已焦黑如煤倉，人變成沾在雪地上的點點墨跡，僵直著身體，動也不動——那對情侶被縛上擔架，臉孔覆上雪白床單。

一切都太躁亂，太急遽，太像放在電影中的亂世。

我到底醒來還是夢著，還有那隻手？——整輛火車猝然煞住，軋聲動天。

淨意悠悠轉醒，對面的床位空著，那人已離開。窗外天光微明，雪色即明處所在，抵臨前，想必雪已來過。而她，即將在眞實裡看見那夢中之雪，帶著指間餘留的溫度。

舞身

時間再不循著直線行進，身體將它舞成一個完整的圓圈。

在身體死亡前，我活，直到舞蹈決定我死。

關於我，當人們說到我，即是在說我的舞。

很少接受訪問，不認爲自己值得好奇，而用語言解釋我的舞蹈總隔了一層，你不介意，像是和朋友聊天一樣，好，我會試著放輕鬆，要不會互相感染壓力。你大老遠來這兒大概不習慣，在德國，一到週末整個城市便像個死城，知道麼，這個城市的中文意思是「吃」，吃東西的吃。

怎麼開始跳舞？這問題好比問到說話，誰都挺難講出一個確切的開始。不識這兩字、腦子毫無一點概念以前，我就在跳舞了，和呼吸一樣，打出生就沒停過，我這雲南話叫「小猴子鬼」，小時候太野了！我是個在蒼山腳下長大的孩子，即是在那裡，開始了我所有的一切。

父母都是白族人，家裡務農，生活很簡單，但也許某一個微不足道的細節便促成了我的舞蹈。你聽說過「三月街」？我們白族人的過年，初次登台表演，就是在當天表演〈蝴蝶泉〉，這麼唱來著——哎！大理三月好風光，蝴蝶泉邊好梳妝，蝴蝶飛來採花蜜，阿妹梳頭爲哪樁？蝴蝶飛來採花蜜，阿妹梳頭爲哪樁？

站在架高的舞台上，忽然覺到和觀眾之間有個距離，不，不是隔閡，距離是指我和人的不同之處，因我舞著。台上飛舞的彩蝶群中，我拚命要自己是最美麗最耀眼的一隻——霎時我透明了，完全蝶一般底存在，柔若無骨，輕靈似泉水。那年我七歲。

不算進過，考到一間國立舞蹈學校，但沒兩個月就出來了。我的舞蹈是那種跳大溝、追逐獵物、來自土地的力量，學校挺拘束，硬生生的，對我造成限制。十幾歲進歌舞團，幾年職業表演生涯、存點錢、一些機遇，於是就出國了。你挺好奇機遇這回事，怎麼說呢，談了場戀愛，一個德國人，之後我們分手，但對方願意幫我擔保出國。

機遇並不等於意外，當生命有那麼大的需要時，自然在心底生出召喚，我能聽見心的聲音，含著一種光，指引我的永遠是我眞正想要的。

對德國的第一印象？你呢？是啊，我也覺得這裡好乾淨。剛下杜賽爾道夫機場一到洗手間，喝！眞像剛被徹底漂白過的病房。當時還完全不會一句德文。

好一段時間處在半文盲狀態，使我體會到語言的限制性，你不理解？語言並非絕對優越的溝通工具，當無法言語，官覺就變得貪婪，城市的線條、顏色、氣味，人們的神情、手勢、語調，由於陌生使一切都不容易放過。

你聽說德文是軍隊的語言：準確、鋼鐵、意志，可對我就是不好學，大概沒長一付聰明耳朵。我有個怪癖，右耳癢代表喜歡我的人正望著我，左耳癢，就是我愛上某個人。每當跳舞時，耳朵貼著音樂數節拍，像被搔癢一般停不下來，指揮著身體去完成每一個動作。

你以爲舞蹈被我形容成一種既愛也被愛的隱喻，單指對音樂吧，德文常叫天不應，上課抄不來筆記衹好拚命記動作，讓它們牢牢關進腦子裡，再一次次反覆練習。不僅觀察教授的動作，要去理解這些動作從何而來，由外而內，往更深裡去思考，去梳理出我的舞蹈。

說得不錯，思考就在動作中，然而舞蹈陷在思考迷宮就比較痛苦，往往需要花上一段時間才能找到途徑出來，動作與動作之間並不輕易單純就衹是銜接，那成了盲動或者運動。

不！出國不盡然如此，自由總是層出不窮在變換著定義。你短期來ESSEN

採訪自由很輕易到手，時間一長，這個城市就會逼你照鏡子，你有全部的自由詮釋你自己，一切便開始定義模糊。

經歷過那種變換、模糊？當然。在中國那方世界，我原本悠遊，時間似乎用不完，因爲大環境不確定，事情在規定之外另有但書，你可以跟自己賴皮。德國剛好相反，他們很講究精確，比如有次看見科隆火車站大廳掛著一個巨大的牌子，上面的數目字我記得很清楚：「97.63」，就是當日全德國大眾交通運輸的準點率，那畫面清醒到恐怖。

你說這個對照來自鄉愁，或許吧，半漂浮在異國生活的表面，跟人事總隔了一層，少有眼光特別爲你而佇留，即使勸自己鄉愁是很無謂的，它仍然像身體製造出的影子，形到影隨。我經常半夜獨自練舞，沒有音樂，祇有呼吸與骨架肌肉間的摩擦，記憶在我身體裡面清晰起來，模糊成一片感性情懷的那種清晰。

有句德文諺語：Haben ein Gedachtnis wie ein Sieb——有如篩子般的記性，跟我交換語言的老先生經歷過二戰，他這麼形容自己老忘記承諾。初聽，當下一個意象，流光似水穿過皮膚的縫隙，淹沒在遠方，昨日之日，蒼山腳下那張與我相似的孩子的臉。

「我的記憶不是篩子」是我第一支在德國發表的作品，你好奇，可我這沒有錄像帶，一篇評論倒還在，形容四周漲滿了水，她想逃，水變成周圍都是牆壁的迷宮……她安靜下來，於水面之上，詩意地棲居。談不上對錯，舞評總是這樣的，有些理解有些誤解，而我常常在改變你所謂的創作初衷，一個作品不是死的。當時感覺特別強烈，如果不舞，我的記憶不過是一座廢墟，集滿了荒廢的身體零件。

你問得不可笑，我笑是因爲我們有堂課就叫什麼是身體？教授開宗明義說這是一個我們無法回答的問題。即使一個舞者的答案也無法比這問題本身來得哲學。喜歡，我喜歡自己的身體，永遠長不大，像剛剛發育的少女，性感又無辜。當我意識到這種輕微變態的迷戀，身體便彷彿順從意識般停止成長，光抽長而已。最後？最後一堂課教授下結論說：身體，是另外一回事。

遲早你會問到的，在德國學舞沒有誰可以不知道她，我的確也曾經表示自己受她影響很大，比一般人來得幸運些吧，我是先見識她的舞才曉得她的盛名。那個城市叫Wuppertal，地鐵倒吊著懸浮在空中。事前並不知道同學有這意思，我不過貪圖週末票便宜跟著四處晃蕩。舞團與城市同名，表演看板佔據整面牆，我照著讀一遍她的名字：Pina Bausch。

那天上演Victor，我沒見識過舞蹈劇場，德文不好，也沒那麼多理論，單憑直觀直覺，回想起來印象最深的，是我整個人癱在那裡，心缺陷了一塊似的，空，卻又好滿。

那是舞蹈？

舞蹈可以是這樣的？

裡面的世界太奇怪了！女人吊起來被當成水龍頭讓男人接水喝，男男女女拿著工具敲牆壁，他們時而擁抱時而互相表現憎惡，在讓人喚起莫名、遙遠知覺的音樂聲中，演繹著囈語似的悲喜劇。

然後第二個禮拜接連第三、第四個禮拜我都去了Wuppertal。還去圖書館找所有她的相關資料，巨大的飢餓感使我反覆去讀去看。沒有，我沒去考過她的舞團，Wuppertal吸收不少外國舞者，每回應考的人數相當多，我卻沒起過這念頭——

那是她的，我不能太接近，要全無防範，底性不夠成了小丑式的模仿，再好也祇是第二個她，就連這點都無不可能，我的土壤不在這塊，身體知道，騙不過。

後來逐漸也接觸到其他現代舞理論，沸沸揚揚，更後現代、更顛覆、更復古、更張狂、更素樸的都有，身體一下被扯到這兒，一下被架到那兒。我開始不用一個整體的概念去看待我的身體，它變成分屍的零碎的，一結一結骨骼，一塊一塊肌肉。你的表情充分說明了我像個兇手，然而是這樣的，一切槁木死灰之後，毀敗的清理出去，將接近身體的靈。是，靈魂的靈。

我用舞蹈過著一種屬靈生活。你知道，跳舞時，一切皆內附於舞蹈之中，身體消失，重量消失，時間與空間也一起消失，跳躍、抬腿、迴身、旋轉，我和我的舞蹈瞬間分離，瞬間結合，血肉的面目是純靈的存在。

你的問題該這麼解釋，如果說在國外這些年好比將我的身體動手術，用放大鏡、顯微鏡、X光看清楚了身體每一處細節，然後我得拿針線縫合起來，必須忘記那種清楚，靈才得以又踏在土地上。對，舞蹈的身體在記憶與忘卻之間流動。

冷麼？德國的秋天很短暫，冬天卻幾乎要半年，我曾經歷過ESSEN幾十年來最大的一場雪，練舞室望出去，世界剩下幾條黑色輪廓，身體祇好舞起來驅逐那種冷寂。小時候我祇看得見黑白兩個顏色，突然哪一天才發現彩色這回事，村裡巫師說我感覺意識太強烈，讓我跳在大麻葉上面去邪。幾歲？我說不上來，那似乎被遺落在很角落的角落。

舞下去，身體便記起來此我、彼我，最遠的來到成爲最近的，最近的又遠離去召喚最遠的。時間再不循著直線行進，身體將它舞成一個完整的圓圈。在身體死亡前，我活，直到舞蹈決定我死。

說了太多，關於我，我的舞，該祇用身體來語言。

邀請你，來！看我跳舞。

德行

平生第一回如此仔細地檢視自己的生活，
葛鋒生出像對待親骨肉一般的憐憫，
想像孩子們曾在集中營被無情地檢視，搞髒搞臭了，
再要他將它們彼此清楚隔離……

比約好的時間遲了半個多鐘頭，學長連個影子都沒有，葛鋒算算對面的小吃鋪已經賣出第七個交叉繩圈狀的大餅。搭乘長途飛機的疲憊並未掩息他初次出國的新鮮勁，眼睛溜啊轉的好不忙乎，科隆大教堂像樂高玩具似的，高疊聳天，佈滿了火車站架高的天頂玻璃帷幕，走哪兒都瞧見它。似乎是蕭伯納吧，也如此抱怨過艾菲爾鐵塔，可人家不痛快便在鐵塔上面享用早餐，葛鋒卻祇能在火車站前像個活寡婦傻等著。這學長比他高幾個梯次，算起來已三年沒聯絡，心裡不禁嘀咕怎麼回事啊，這是？

「抱歉！抱歉！眞不好意思，剛剛路上有狀況，等車等了半天。」

「好說、好說。」葛鋒保持微笑，一派包容謙和模樣，畢竟地生人不熟，不好開罪他。若非他先開口，葛鋒還眞不敢相認，這夫君可是那……面貌依稀可辨，但整個人在德國肥美豬腳的潛移默化之下，至少也灌了十公斤油吧。

「我幫你瞧瞧火車班次，坐到L城祇要二十分鐘，你看喔，綠色的標誌就是區域列車都可以坐，每隔二十分鐘一班，下一班還要……」葛鋒仰著頭也跟著一起研究時刻表，不知何故，正中央高高外掛起一面巨大的牌子寫著「97.63」。

「那是今天全德國所有大眾交通運輸的整點率，牛吧！德國人很講究準時的。」葛鋒心裡罵聲四起，難不成那剩餘的2.37都叫這學長給遇上了。

隨學長流連在釘釘掛掛的書報攤間，操！德國人還真不遮，巨奶子、肥屁股、黑白黃棕男男女女全擺上檯面。

「買一本不？」葛鋒問。

「漢堡紅燈區都去過了，這有啥啊。接我房子算你走運，房東裝了有線電視，半夜裡什麼鬼打架都有。」

這一路盡是田野風光，抵站之後更見一幢幢獨立房屋，家家蒔花戶戶種草，整個L城猶如小家碧玉一般清新怡人，一股幸福感自心底升起，葛鋒不禁感嘆相比之下北京簡直像個施工中的工地。學長笑侃：「你說怎麼著，德國法律規定出門十步以內要看到綠色。」

房東太太年約五十，典型德國輪廓，肥幫子像張方桌，鼻梁高聳突出，身形每下愈壯，整個人可用聚沙成塔的「塔」來比喻。室內裝潢極其典雅，牆上掛滿了各種尺幅畫作與幾代家族照片，與她並肩比鄰的老先生想必是房東，若說老太太是塔，那他簡直就把半座游泳池攬在腰間了，葛鋒聯想到「淘氣阿丹」裡的威爾森先生。她準備了蜜桃冰茶招待他們，葛鋒舉杯時間比說話時間還多，在北京的歌德學院學了三年德語，聽尚可，要說嘛就會先考慮文法，而他不先講完一句話，老太太沒等到動詞也無法確定他的意思。

葛鋒即將入住的房間在地下室，比較準確說是個「半穴居」，窗戶有三分之二部分可以看見後花園，按規章算起來是「黑戶」，他圖個省錢，房東圖個省稅。廁所在外邊由他專用，老太太親自動起手腳示範如何以抹布將地板擦乾抹淨，叮囑他務必隨時保持乾燥。隔壁原本是車庫現在空盪盪地放著一台洗衣機（葛鋒可以使用）、兩輛腳踏車（是她兒子的）、巨型冰櫃（平日上鎖）。電費與房東分開，電話、網路、房屋保險由房客自行申請。

三箱行李往旁邊一擱，葛鋒蹦上床呼口氣：插隊落戶嘍！背脊一陣刺堵堵的，這床都給睡成彈簧疲勞了，學長這孫子，好意思要他接手這幫特次家具。

個把月來忙進忙出一堆事，到大學註冊選課、申請學生證、圖書館卡、學生車票，到銀行開戶存匯票，到警察局登記戶口延簽證，葛鋒難得碰見房東太太，房東連面也沒見過，聽說他們在慕尼黑鄉下還有棟房子，孩子已各自婚嫁，要不在外地唸書。老太太的生活起居相當規律，除週二週五上街買菜，一般很少外出或與人交遊，九點半比鬧鐘還準時就寢。週末假期兒孫偶爾成群來訪，幾個小鬼踢球玩，撞得半穴居玻璃響，還擠在他窗口像觀賞動物園裡編號二百五的熊貓一樣（中國應該也送了幾隻搞外交吧）。旁邊有大人在，葛鋒祇敢採取阿Q式精神抱怨法：這些法外刁民、希特勒餘孽，吵啥啊，沒見你爺爺在啃卡爾拉倫茲先生的《民法總則》麼？

　　週六成爲葛鋒唯一覓食日，鎮上有四、五間超市，逛遍之後他自然看準最便宜那一家，上門的多是些土耳其、阿拉伯臉孔。歐元匯率走高之後就不肯下來，白花花鈔票使起來挺不痛快，總得掂掂量量，雖則這些銀兩不費他一滴汗，全是爹娘在國營單位「借」來的民脂民膏。他體會在德國有套通則：店裡顧客臉孔的顏色越深越便宜，食物越沒包裝冷藏越貴。他可買不起擺攤位的傳統市場，便宜超市的品牌選擇又不多，揀揀挑挑總那幾樣東西，肥腸豐酪厚起司也不見得適應中國人的腸胃，於是冷凍、罐頭食品就經常成了菜籃中物。

說是套通則倒也未必放諸四海皆準。老太太購物袋上的店標是一家連鎖中型百貨公司，地下樓層爲食品販賣部，裡面的蔬果都像新漆上顏色、打過蠟似的可以上鏡頭拍廣告。但有回他發現這購物袋有玄機，袋中有袋，原來她也光顧那家便宜超市，衹不過廉價的內容給包在昂貴的外表底下。老太太衣食無虞也懂得節儉殊爲可貴，可她實在謙虛，還刻意對同胞藏拙起這項美德。

跟德國人相處不難，凡事都規定得清清楚楚，並不因你是名外國人就訛你詐你，正所謂不以規矩不能成方圓，可太過規矩，似乎就隆重莊嚴到少了些人味。春假兩週去附近的Bayer總藥廠打工，他一個管染劑的工讀生合約一給就是二十多張，連期間要是他直系與非直系親人亡故該如何分別算喪假與薪資都寫明了。

偌大的雙層獨棟房子裡，最近的鄰居也離個十步，房東與房客兩個人是房子裡的一切，上下層之間隔著的樓板如同一面會發出聲音的鏡子，讓他們藉以窺見彼此的生活。半夜女友從北京打電話來，講完剛掛上電話不久，電話聲再度響起，只響了一聲便停，幾次下來葛鋒覺得怪但也無從深究。直到他守候電視機前觀賞情色影集，洋妞衣衫盡褪嗯嗯唉唉，電話聲又響了一聲，害他渾身起了一下痙攣，高昂的興致頓時被閹掉，這才明白原來樓上在禮貌性暗示睡眠被干擾了。

有事通知多半老太太就留封信放在葛鋒門口鞋櫃上，該繳房租啦、浴室沒擦乾啦、晒衣繩別混用啦……，還兼任郵差把葛鋒的信塞到門縫下。復活節當天倒別緻，擺上一張卡片與一盒包著各色紙箔的蛋形巧克力，她親筆寫上祝福，教葛鋒感到窩心，雖這節日，上帝過祂的，葛鋒過自己的。

週六清晨，一連串急促的電鈴聲驚擾了葛鋒的悠悠好夢，老太太站在門口和按鈴人溝通許久，接著一陣窸窣聲響，她提了紙箱和一袋塑膠包下樓來到他房門口，葛鋒開門一望竟然是——垃圾！老太太解釋因爲他垃圾分類做錯了，社區清潔隊員特地送門到府要他重新分類，另外還附贈一本說明小冊子。

葛鋒杵在門口一時不知該如何反應，當她面禮貌性收下垃圾，口不對心地：「當然、當然……謝謝、謝謝。」可心裡直是問號滿天飛，驚嘆號滿地爬，會不會突然主持人出現說Surprise！你上電視了！不過就是前幾天熬夜趕報告，偷個懶順手便丟到公園垃圾桶裡，才犯下了錯誤的第一次，這、這他們也太神了吧！

怎麼確定這垃圾是我的？

就算我丟過，可又從何得知我住在這裡？

德國環保單位在公園是設立了東廠抑或安裝了隱藏式攝影機，這小鎮他誰也不認識，就算他是唯一東方人，區公所也不至於將他的地址張告周知。葛偵探一路一路分析，本著科學精神將「證據」一樣一樣翻出來。紙箱翻到快底了，有張海運寄達的郵件收據，上面填了幾行中文，但箱子裡全是紙沒錯啊，還要他怎麼分類？赫然見到有條橡皮圈捲著一疊購物收據，難道橡皮圈……扯！另一袋是一般意義上的垃圾，葛鋒忍著腐臭味大致全翻撥遍了，也沒找出可以證明他，葛鋒先生，是這塑膠袋的原始主人的鐵證；德國到處開著中餐館，李錦記蠔油瓶上面又沒簽名。

最奇怪是紙類和一般垃圾是分開丟在不同顏色的垃圾桶，垃圾車來收的日期也不一致，怎麼會山水有相逢又一齊回到故居地哩。

背脊一陣凜冽，突然覺得自己像是中世紀被羅織入罪的女巫，無數雙眼睛冰劍一般掃射過來，平時鎮民所表現出的那種教養與禮貌就是要他鬆懈防範，其實他們一直虎視眈眈，這些極右派納粹種族主義者，手裡預備著火把刑具，就等他掉入陷阱。

望著這兩類曾經共處過的廢棄物，平生第一回如此仔細地檢視自己的生活，葛鋒生出像對待親骨肉一般的憐憫，想像孩子們曾在集中營被無情地檢視，搞髒搞臭了，再要他將它們彼此清楚隔離：一疊人民日報、萊茵通訊、魏京生來德演講宣傳通知、超市特價廣告單、泳裝美女封面的八卦小報*Bild*和*Express*、浸留「殘液」的衛生紙、瓜子殼、啤酒罐、可樂瓶、柳橙皮、咖啡渣、止汗噴霧劑、數十根菸屍，還有那封被他撕不成形的女友航空分手信（還得拼回原狀放到紙箱裡？）。

要不策動一個反政府計畫，乘火車到柏林，然後將垃圾亂靡一通丟進德國國會大廈前的垃圾桶。但萬一，萬萬不可能的萬一，眞的，「孩子們」又天涯海角自己認得路回來了，那可就傻B加三級，搞不好弄個全民公審鬥垮他，就跟這些垃圾一樣。葛鋒只好乖乖按上級指示分成紙張類、有機物類（奉獻給德國豬牛花草們）、輕型包裝類（可回收的綠點標誌）、玻璃罐（還分無色、深色）、問題物質類（終於找到噴霧劑的歸宿），以及其他（還能有什麼其他啊？）。

各類垃圾的收集時間不一，除了有機物類以外，葛鋒不能通通立刻投進垃圾桶，得按著雙號日、單號日、單數週末、雙數週末依序排隊，況且他已是戴罪之身，老太太還能不盯緊他，再被貼個標籤，他葛鋒就好下放勞改了。那本《環保之鑰——垃圾分類》被他恨恨地扔進紙箱。

垃圾車來收輕型包裝類的那天，一掀開見到壓扁的啤酒罐鋪滿了回收桶，葛鋒更確定房裡必定有不尋常的來客，有幾天了，樓上動靜很不一樣，電視機音量放大還專門轉播德國職業足球比賽，腳步聽來也沈重得多。姘夫？姊弟戀？牛郎三陪？——欸，是威爾森先生！他這不就走過來了嘛：

「鋒，日安！」

「日安！」

「您是日本人？越南人？」

「中國，我是中國人。」

「喔，蔣介石。」

「您聽說過他？」

「還有毛，他跟毛打仗打輸了……建立紅色中國嘛。」

「是，不、不，蔣是另外一邊的，我家在中國大陸。」

「共產主義也不錯，東西很便宜，就是不太耐用。」

L城也不過就是科隆周邊的衛星小鎮，可四處都安插著成片綠地公園，綠墨水不用錢似的，隨地揮灑。葛鋒常繞著公園跑步健身，涼風吹襲拂面好不颯爽，躺在濃蔭樹底下發呆，周身圍繞著不知名小花朵，溫煦的陽光穿過樹葉縫隙落成他臉上一片流動星圖，他感覺十分愜意。路面小徑難得見到垃圾，若偶爾看到一、兩個投不準的可樂瓶，葛鋒反而覺得親切安心，畢竟從小看人隨地吐痰慣了，他家胡同口電線桿還寫著：畜生才在此丟垃圾。

日復一日，冬去春來，誰說綠色一定有益眼睛，看久了，葛鋒倒懷念起北京的三教九流五光十色，要不爲省兩個錢早搬到科隆去了，起碼也是德國第四大城市，就每天聞聞4711香水、望望科隆大教堂也好。乾淨、舒適、安靜、附近有學校運動場、離大城市只要二十分鐘，全合上了標準售屋廣告詞，可置身其間，葛鋒自嘲是提早搬進了養老院。難怪歐洲越往北去自殺率越高，難怪德國專門生產哲學家，從搖籃到墳墓之間任何事都被規劃得妥貼安適，不留人操心之餘地，時間一多，人還能不慌麼？要不就陷入玄想玄思，要不就搶著跟上帝提早約會。

這裡啥個屁事都不會發生，悶得出油，悶得掉渣，葛鋒常感覺被那股悶給掐住脖子，擔心自己給悶出安逸憂鬱症。尤其週六傍晚時間一到，所有店家一律依照法規關門，L城淪爲一座空城，彷彿被二戰剛剛橫掃過，風蕭蕭兮影寂寥，人煙一去兮不復返。

他難得到科隆參加聚會回來晚了，除路燈顧影獨照，商店櫥窗裡打的燈光也亮著，人體模特兒被照得異常慘白，直像操勞過度的流民勞工。最初懷疑這樣不裝鐵柵不正給小偷方便，可也沒聽說過哪家店給撬了，這一切早已讓他視神經麻痺，無感無覺。遠遠地看到威爾森先生及夫人一身前所未見的講究裝束，男的白色領口露在深色大衣外，手提一把形如手杖的雨傘，女的是花邊盤帽深色套裝還戴付手套，他直覺認爲賢伉儷剛剛參加完一場葬禮。他們正隨意瀏覽著櫥窗，表情平靜肅穆，偶爾停下來對某樣商品指指點點，葛鋒故意走得更落後些，免得照面還得囉唆一番。

拚完大考他決定和學長幾人湊個週末團體火車票，沿著萊茵河的科不倫茲、波恩、杜賽爾道夫、埃森……等城市，幾個週末玩下來總結說來也不過就是市政廳、廣場、車站、購物街、教堂那些每個城市都有的名堂，偶爾穿插一些名人故居、博物館、紀念碑，可走馬看花當個死觀光客總還可以稍稍驅除莫名的窒悶感。

不論到哪裡，以曬太陽為主題的旅遊行程貼得滿街都是，也難怪德國人專程到南歐、中南美海邊花錢買陽光，這裡夏天感覺像秋天早晚溫差又大，要在北京早就打著赤膊啃冰棍。葛鋒想起前女友出門一定是UV陽傘、太陽眼鏡、零點七五釐米厚的美白防曬霜，真該建議她移民德國……都分手幾個月了，往事已矣，來者卻尚未追成，他仍是孤寡一人，可嘆德國妞比他矮的瘦的都還不及十五歲。

看好火車站班次表，幾個人繞著市中心打轉，此時店家已全部關門打烊，鴿子懶得再飛下來覓食，扮演法老王的街頭藝人也收拾好行頭捲款走人，天光將逝，掛著幾塊補丁似的雲彩，一切盡歸於百無聊賴。走在他們前面又是對深色成套裝束的老夫婦，男的提把兩尺長黑雨傘，女的花紗帽兼付鏤花手套，對著櫥窗裡各色貨品，不時停下來品頭論足一番。

「德國人出來玩幹啥穿得跟葬禮一樣正式。」葛鋒沒話找話。

「哥兒們，這裡是德國，不穿戴整齊怎麼出門見人。」

「德國法律明文規定，穿拖鞋不准搭火車，怎麼著，邊走邊吃還要罰錢勒。」

「不到北京不知道官小，來到德國不知幸福哪裡找！」

「搭什麼火車！他們是當地人就住在附近，週末無聊出來逛逛櫥窗。」學長語氣篤定。

「矇我，穿這樣？」葛鋒應道。

「我不信，這也太那個什麼了吧。」

「要不咱賭一賭，百分之兩百保證！」大家全噤聲不語，看來學長也曾懷疑過，並且也經過留德前輩一番指教，葛鋒忽然覺得這段對話是重複又重複過的。在夜色降臨的這一刻，他不禁由衷對德意志民族生出無比崇高的敬意與佩服，通俗點兒的說法是——眞他媽累！

物戀

我開始對她的身分和箱子裡的東西感到懷疑，
於是用鐵器撬開行李箱，一樣一樣檢視，
同時她不為人知的過去也開始交叉倒敘……

作品「三雙鞋子」——這是第一件

——什麼感覺？

——做得很像，嗯……挺可愛。

——真失望，妳竟說不出更多聯想，問也不問做的原因，或是做的過程細節，雖然事後我自己再瞧瞧也同意妳用可愛兩個字。

——旅行剛歸來腦子還跟不上巴黎的步調，就被強迫當藝評家，何況我有點緊張，事先已感覺到不對，心裡一邊在猜測你的動機。

——初見面就要求把東西放我這，潛意識給妳的一種暗示？

——很簡單，我要搬進的公寓跟你家只差一站地鐵，宿舍已經退了，與其一個月白耗著等房子，乾脆去旅行，所以才想到要借放東西。

——還勞我大老遠幫妳把東西搬運回家，一路上我心想：怎麼這個女孩不晚一點出現呢，我奇怪自己會有這念頭。

—完全沒看出來。

—一向認爲人在三十歲以前結婚定下來是懶惰而且不道德的，但這次我想到了「家」的概念。祇不過兩次印象，以及妳留下的三大箱東西，我卻莫名地思念起來，想瞭解妳多一些。行李箱的掛牌上寫著TAIWAN，從地圖看來如此渺小的一座島嶼，搜了妳箱子、背包所有口袋、拉鍊，什麼都找不到，唯一沒上鎖的祇有三雙鞋盒。

—打電話想取行李，你就說爲我做了件作品，當時聽法文多少還得用猜的，怎能想到拐了那麼多彎。

—日安，是我，非常謝謝你收留我的行李一個月，現在我已經拿到新住處的鑰匙，約個時間我過去拿。

—妳比原先預定要回來的時間晚了一天。

—聽說在德國邊境城市Aachen有家據說是歐洲最古老的咖啡館……

—我們叫Aix-la-Chapelle.

——嗯，我很好奇就下車去找，然後又順便繞到Lille去了一趟，對不起，希望沒因此麻煩到你。

——沒什麼可麻煩的，我只是非常擔心妳。

——謝謝你。

——妳已經說過了。

——對了，我帶了一份紀念品要送給你，是在那家咖啡館買的。

——這麼說如果妳不多玩一天，我就收不到這禮物。

——也不是，我想德法這麼近你將來有機會可以去。

——有什麼值得去的，說說看。

——那家咖啡館是一座三百多年的古樓，燈光很暗，白天也點上蠟燭，從不同角度看過去都像一張懷舊明信片。最特別是一處古代浴池的遺跡，藍色花紋的磁磚，混合了阿拉伯、土耳其風格。

——喔，是麼？

——是啊。其實老闆並不是這家店的原主人，接手經營才兩、三年，非常熱心提供了一些歷史圖片，還送我自製的卡片加蓋上店徽。送給你的就是這家店專賣的巧克力以及那張卡片。

——該輪我說謝謝妳。事實上妳的遲歸啓發我一個靈感：一個陌生女子的東西放我這，沒有任何人知道，超過約定的日期，又等了許多天都沒有她的音訊，我開始對她的身分和箱子裡的東西感到懷疑，於是用鐵器撬開行李箱，一樣一樣檢視，同時她不爲人知的過去也開始交叉倒敘……

——很有趣的故事，但現在我好好回來了。

——另外我昨天還烤了一個蛋糕，想跟妳一起慶祝。

——慶祝什麼？

——沒什麼，就是妳回到巴黎。

——謝謝，你眞客氣。

——這跟客氣禮貌完全無關。

——還是很謝謝你。

——我做了一件裝置作品，跟妳有關，妳過來就會看到，屆時告訴我想法。

噢，還有，不要再說謝謝我。

—你的語氣好奇怪，帶著輕微的指責，似乎有些異狀，但我不敢確定，事到臨頭人都會本能性的抵抗一下，即使對自己不見得是壞事。

—的確有些不痛快，掩飾不了，一個見過兩面的女孩子竟讓我難受這麼多天。

—但是再強烈的情感都不表示我一定得接受，我無法任其化學作用下去，這樣很糟，如果一開始彼此起點的距離相差太多，可能挺辛苦，我只想趕快唸完書拿到學位回台灣工作，完全沒想過和一個法國人談戀愛，我不想給自己找麻煩。

—我不知道，我認為妳必須接受，就是這種感覺，我完全沒有心理準備接受另一種可能。講出來只是讓妳明白完成那件作品對我的意義，並不是問妳的選擇。

—什麼啊！

—所謂彼此的距離是妳加諸的想像，不是我跟妳本身，是我們以外固定事物的距離，那些已經沒有機會改變，國籍、語言、文化什麼的。我也想不到一名東方女子會走進我的生命，但沒有想到並不表示事先需要防範。

—我曾說起一部中國古典小說，裡面有段情節，男孩看見唱戲的小女孩用髮夾在沙地上寫字，男孩順著她的筆劃看下去，猜出是個什麼字，她繼續寫，他再跟下去，然後又是同樣一個字，原來她不斷在寫同一個字。

—她把戀人的名字寫了一遍又一遍，然後突然下起雨來，兩人卻都沒發覺自己在淋雨。

—是的。我以爲這意象眞美，那樣的心情也令人嚮往，可我怎麼也想不到那個名字竟會是一串外文字母。

—難道妳因爲練習寫我的名字才會在地鐵站迷路？ABC應該比中文好寫多了，寫一個中國字的時間可以寫兩遍我的名字。

—你家那站地鐵「歐洲」（Europe），附近路名都是歐洲其他首都，里斯本、羅馬、倫敦、布達佩斯，轉來轉去，就是想不起上回前來的路徑。尤其是看到長長鐵軌上駛進一輛國際線火車，更讓我困惑，你講的是這站沒錯，但跟我第一次來的印象連接不上，我懷疑其中弄錯了什麼。

——接到電話立即明白妳在防備，妳很不放心，所以我才命令妳等在地鐵售票口別動，我在心裡說要去接我的小朋友回家嘍。

——你親了小朋友。

——那是見面禮，輕輕親一下妳的臉頰而已。

——一般只互碰臉頰，用嘴親臉，除非對熟人。

——我已經很客氣了！

——總之那個觸感使我身體一整天都處在騷動。回家、整理東西、等待夜晚、等待電話聲響——之後會發生什麼事呢？發現自己在等待，我開始焦慮。然後你打來跟我解釋那三雙鞋子的意思。

——起初妳還在逃避我的表白。

——不用想太多，等一段時間事情過去就好了，你不用說了，我明白，眞的。

——喔，拜託，做這件作品妳以爲那麼容易，很辛苦耶，妳至少讓我把話講完。

——嗯，那你說。

——要怎麼說呢，我的意思是希望這幾雙鞋子永遠留在我家，排在門口的墊子上，像家裡女主人的。我知道這祇是我自己單方面的幻想。怎麼？

——沒，我在聽。

——我分別描下妳三雙鞋子的輪廓，在我家用剩的地毯布上從中剪出形狀，再以黑色硬紙板黏在地毯後面作底，因爲三雙都是黑色，式樣很簡單，只有簡單的絆帶和鞋釦，我就照著做出一模一樣的裝飾，完成後就好像三雙鞋子踏在地毯上，靜靜地在那裡。

——說完了？

——好像說不完，大致說完了。謝謝妳讓我把話說完。

——那三雙鞋子都穿壞丟掉了，祇留下這個作品一直掛在我們家客廳。

——客人來常會問，不過沒有誰猜出背後的含意。

—以前台灣的公立高中女生都穿一種圓頭白鞋子，沒有絆帶、拉鍊、扣環，沒有任何花樣，等我如願考上以後，每天都用白鞋油擦一遍，踩著光亮的白鞋子上學。

—妳的白鞋時期，三年都沒和男生說話不是？

—連男生的眼睛都不敢正視。我習慣搭最早一班公車到學校……

—避開男同學？

—當然不是，是到辦公大樓頂樓上面背書，一天得應付好幾科考試，唸煩了就唱唱歌、東想西想。有回倚著欄杆吹風時看見花圃後面一對男女同學，男的環腰攬著女孩，他們低低切切說著話，六層樓高度聽不見內容，但他們動作十分親暱，擁抱、親吻就跟電影裡一樣，我趕緊低下頭，然後又忍不住繼續偷看，心想著愛情就是這樣麼？停！別笑嘛。

—幸好妳遇見我，我夠浪漫，否則其他人怎麼應付得來。

—學校並不贊成高中生談戀愛，我沒說出去，擱在心裡好久好久，連我的日記都不知道，因為實在無從下筆，那眞正發生在眼前的事。

—我的吻使妳憶起最初對愛情的印象？

—沒有啦，我忘了，是講到鞋子串起來的吧，當時感覺太多，來不及去想。

—隔天早晨我倒是自己跑到森林裡繞了半天。每次愛上一個女孩我就會帶她去森林，不論任何季節，那時的我變得很愛說話，會在森林跟她說很多很多話，風、鳥鳴聲、陽光、葉片上的露水，每次我都希望能跟一個女孩走完整座森林，但沒有一次走得完。

—怎麼隔天沒找我去？

—妳似乎尚存疑慮，我對妳的心意沒有把握。

—沒把握？下午跑來我家一進門就說：可不可以坐著不要動十分鐘，我想畫下妳臉部五官的線條。

—你的建築作業「內在的空間」。

—爲什麼？

—喔，那個，用妳臉部的線條來建築我內在的空間。助教還走過來問爲什麼是一個東方女孩子？

——你怎麼回答？

——因爲這是一個我很喜歡的女孩。他笑了，我也笑了。我很高興他問起，使我終於有機會可以跟另一個人吐露對妳的感覺。

——安靜坐在你的對面，雖是被畫，那十分鐘裡面我亦把你看個仔細，眼睛和鼻梁形成的丘壑如此深邃，兩頰邊一片剛刮過的鬍跡，似乎一個衝動手就要伸過去觸摸。

——妳的眉、妳的睫毛、妳的鼻、妳的唇，重疊穿插成一棟巨大的建築物，其實更接近雕塑作品，裡面住不了人，只有在建築物前的廣場特地做了一個超小迷你模特兒對著這內在的空間，是我。

——瞧，我的五官已經塌了，上面鋪滿灰塵，你就是對自己的作品捨不得丟，地下室裡面模型、草圖、畫架、木料、面具、咖啡壺拉哩拉雜的一大堆。

——又不是在下一人的東西。想想妳原來住的地方，那才全是「廢物」。

——房子是租的，遲早得搬離，我原沒打算待太長，能撿則撿將就著用。尤其注意樓下那家「十隻小手玩具店」，可惜連一件破玩具都沒撿到。

──不然妳以爲鄰居還享有折扣？

──說我，你才是共產黨，平常就有把別人的物當成自己的「正當」習慣，三更半夜到超市門口把放贈閱雜誌的鐵架幹回家，變成自家鞋架，害得那間超市把新鐵架移到室內還加鎖鍊。

──我有節儉的美德。妳說缺鞋櫃，我不也親手用瓦楞紙箱做一個，最上面一隻微笑的海豚頭，身體切出五層格板，兩隻背鰭當腳支撐著。

──後來鞋子太多便把海豚壓得搖搖墜墜。

──海豚鞋架旁邊還有一個什麼的，妳把圍巾、皮帶、背包都掛上去，兩樣東西擠在門口，進妳家門像過老鼠洞。

──妳用這個來督促自己保持身材？

──沒有啊，不知放哪裡。

──這樣進出不方便。

──反正進門的時間只有一下下；不然你說放哪？

—放我家，搬來我家住不就得了。

—那，再說。

—畢竟祇是一間小小的Studio。剛住進來那一晚電尚未接通，我躺在沙發床上，路燈黃毛毛的光線透進來，心裡好高興終於搬離宿舍，你不能體會那種感覺，一個自己的家，完整獨立的空間，完全的自由。後來這個家慢慢生出很多東西，像個小孩有了手、有了腳、有了身體。

—我看著這個小孩長大的。

—你常常嫌，又老愛來。

—每當有朋友回台灣，妳家就會多出一大落東西。

—唸給你聽，當時寫的手記。

看看這些陰性物品：香水試用品、小管口紅試用品、保養品、吸油紙、面膜、護手霜、指甲油、去光水、髮飾、髮夾、護髮乳、修髮露、絨毛玩具、置物盒、燭台，還有林林雜雜作用不一的小玩意兒，她們全放在浴室櫃子上。接收時明知有些東西我根本不會去用，也許是因爲我喜歡這些東西加起來給我一種豐饒的很物質的愉快氣氛，我的童年沒有一般女孩會經歷的芭比娃娃階段，粉紅色時期，這些東西堆放在那，彷彿累積出我另一種人格，更加證明這是我的家。

—我對面膜印象深刻，妳自己不敢試，拿我當實驗品。有一張我們兩個塗上面膜的合照，妳塗敏感性肌膚專用面膜是紫色，我塗油性肌膚是綠色，不是還寄給 Tracy 和 Philippe，妳在背後寫上一句中國成語……

—沈魚落雁！

—看東西越堆越多，唯一念頭是等妳將來搬家我可累了。妳確實有另一種奇特的人格，把家的觀念切割來切割去，剛搬到我家時動不動就要強調什麼是妳的什麼是我的，妳根本不願意自由使用我家的東西，當我做「三雙鞋子」的時候就已經期待妳是女主人啊。

—你不能理解……

——又來了。

——搬進一個男人的空間，我好矛盾，光是家裡打電話來就很麻煩，我不太愛他們但還是得顧慮他們的想法，一旦錢用完了誰知道我們會怎麼樣，好不容易從對家的不快樂記憶逃離出來。

——還有別的原因，我覺得。

——指的是？

——妳對前男友的記憶。

——來法國不久就分手了，怎麼現在突然提到，怪！

——妳說得不多，可當時我就覺得有什麼梗在我們之間。

——也沒什麼，可能我們剛開始在一起的時候，有些事會讓我想到他，比如我們擁抱、親吻……不過他騙了我，我承認這會讓我對感情不大信任。

——我不想聽了。

——抱歉，讓你不舒服，你自己要提的，我根本不大記得他的長相了。

——記得他的擁抱和親吻嗎？

—拜託！當初你提議一起生活，我要考慮的卻不是那麼簡單，跟他一點沒關係……難怪你指責我莫名其妙對情感不夠信任，怎麼不直接講開？那陣子我們老吵架，我還跑去學生中心找房屋出租廣告。

—我上班故意晚回家，進門發現地毯上有一連串鞋子，它們一前一後排列成腳印，我循著腳印走下去，從過道穿過客廳、工作室、房間，我們那隻缺乏運動的熊寶寶坐在床上戴著耳機，手裡拿著一張字條寫著：

原諒我。等你，在「冷茶藍調」（Cold tea blue）。

玻璃糖罐——這是第二件

—等待你來的那一段時間，是我第二次單獨坐在冷茶藍調。

—很好找，就在妳舊家那站地鐵出口附近。

—我也說過店名來自一首歌？

如果我替你倒茶，那是友誼
如果我替你加牛奶，那是禮貌
如果我就此停住，並宣稱自己不懂得品味，那就只是茶。
但如果我衡量該放多少糖以滿足你期待著的舌頭
那麼，那就是愛，放著無人喝而逐漸冷卻。

從前出入總會經過，可從沒想到要進去，一般情況我不會到住家隔壁喝咖啡。那裡開始產生特殊意義是來自一封信，我初次前往時相當感傷。

—一個香港男生。

—嗯。

—怎麼想到約那裡？

—跟你吵完架，對自己身處在異鄉這件事不免百感交集起來。那天走過以前住的地方，雖離你家不遠，感覺卻像經歷了很多段的人生，走走也好，中文我們叫「散心」。

—妳這招挺鮮的。

—其實我又折回家過，心血來潮就排起鞋子，將短信夾在小熊手上，然後才到冷茶藍調等你。

—妳很喜歡咖啡館，去過每一家都會留下糖包作紀念，全裝在大玻璃罐裡，搖起來的聲音像非洲沙鈴，沙—沙—沙的。

—糖包在玻璃罐裡變成很好看的立體活動雕塑，像水族箱裡面充滿各種色彩的小魚，直條狀、正方體、片狀、紙包、塑膠包，方糖、細砂糖、低卡糖……

—起初以爲妳也有節儉的美德，沒想到是要蒐集。

—我喝咖啡不加糖，可每回咖啡盤上總會附上，去的次數多了，很自然想留個紀念，或許從某一回很精采難忘的聚會開始蒐集的。

—妳挑挑，哪一包是屬於我們約會過的？

—哪分得出來。

—當初該建議妳在糖包上註明約會對象、時間、地點。

—這倒不必，我其實喜歡那種抽象的感覺，每一顆糖記錄著某一天和誰、在某一處、某個座位、某一家咖啡館。

—妳看著糖包就記起來？

—才沒有，但去過的咖啡館我都記得。

—冷茶藍調已經變成中國餐外賣店，看起來這些菜色都沒有妳做的好吃。

—剛來巴黎那一年，沒有講話的對象，坐在咖啡館就沒有講話的必要，眼睛比嘴巴忙多了，我喜歡坐在最後面靠窗的位置。

—哪，現在放著收銀機、電鍋和中文報紙。

—那位置方便我看人，侍者、客人、貴婦、流浪漢、遊行抗議的人潮，一年三百六十五天，巴黎只有六十五天沒有遊行吧。

—法國人意見多。

—一直到侍者端上咖啡，我的嗅覺才啓動，一套小咖啡杯和杯盤，有時候也附巧克力和小餅乾，巴黎咖啡館裡供應的咖啡其實不算好喝，選擇也不多，而我只付得起最便宜的Espresso。

——對我來說咖啡館就是談話的地方，和朋友聊天，和同事談工作，和老闆談計畫。有一次我媽到車站送我，太冷了，兩個人就坐進咖啡館裡，面面相覷其實也無啥可談，我們一致盼望火車千萬別延遲進站，送別的氣氛反而沖淡了。

——我不記得有這回事。

——認識妳之前吧。巴黎咖啡難喝？去咖啡館好像爲的不是品嘗咖啡，當然也有一、兩家特別香，喝的當時或許曾留意，但也不會故意再去。我從沒有一個人坐咖啡館的習慣，我到咖啡館都是和另一個人約去的。

——還有一項我後來發現的趣味，有些人會停下來看貼在玻璃上的價目表，隔著玻璃跟我貼得那麼近，我覺得很滑稽，仰臉便瞧見巴黎人的下巴。只有在那個時候，我才覺得跟這城市的人產生一些接觸，有一些溫度。

——妳形容過咖啡館彷彿是巴黎的沙發，一坐進去即可瀏覽百科全書，可以見到不同的人，朋友或者是陌生人，挺有趣的比喻。

——第一年還不懂，專挑旅遊指南上最有名的幾家。

—發現妳比我還瞭解「圓頂」（La Coupole）的歷史典故，海明威《流動的饗宴》裡怎麼寫的，我祇知道週末夜晚那裡可以跳舞，常有寂寞的老女人出沒勾搭年輕男人。

—Tracy 建議我們星期天去吃圓頂的早餐，供應小蛋糕、葡萄麵包、柳橙汁、鮮奶油、覆盆子果醬、咖啡，擺出來多麼豐盛，兩人吃一份足矣。

—一、二、三、四、五、六，六顆方糖放進一大碗咖啡牛奶，再將牛角麵包（Croissant）撕開浸到碗裡，我的美好早餐！

—用咖啡壺煮出純咖啡，完全不加糖，一塊牛角麵包，我的早餐。先生，你的太甜，尚未融化的糖會留在杯底。

—我的法國同胞天天這樣吃。

—這讓我想到普魯斯特將瑪德蓮餅浸在椴樹茶裡，這種吃法太奇怪了，無論是甜點或者茶的味道都會被混淆，這不叫搭配，反而會破壞。當你飲下最後一口時，看見點心屑沈在茶杯底，簡直尷尬。過於甜膩，咖啡就不是咖啡了，又讓麵包淹進去，跟普魯斯特做的是同一件事。

—妳習慣在糖罐裡放一條香草枝，說這樣糖會有特殊香氣，糖和香草一樣會相互影響。

—抬槓！固體溶在液體裡是另一回事。

—要不，去咖啡館吃吃看法式早餐。

—Tracy 跟 Philippe 去過的那家？

—圓頂還是很多人，裝潢幾乎沒變。

—這時應該來句：巴黎永遠是巴黎！

—咖啡館也永遠是咖啡館！

—貴很多喔，採用歐元之後。

—回家喝比較划算，反正妳搜刮了一堆各式各樣咖啡壺，雙口的、唧筒的、蒸汽的、倒轉的、真空的，訪客一來女主人便親自表演上個世紀人們是如何操作咖啡壺。

—大多數不能使用，當作古董擺著好看，都是在舊貨市場買的。我們巷口咖啡豆專賣店老闆還提供一個方法，將咖啡壺浸泡在漂白水一天，就可以去掉裡面的咖啡鏽。

—古董不宜清洗，洗乾淨了身價立跌。

—我祇用你那個小咖啡壺試過一次。

—我單身時代使用的那個？不是轉了一圈又回到我們家。

—可不，就是六角形虹吸式那個。住一起之後不敷使用，朋友需要就拿去了，我還先依法洗一遍呢，清水慢慢染成鐵鏽顏色，咖啡漬漸漸褪掉了，ㄅ—ㄅ—ㄅ冒出一顆顆氣泡的聲音，約十個小時之後水面會聚積出一塊髒抹布。我特別叮囑朋友：

—有件很重要的事，妳千萬不可以再轉送其他人，壞了，或者妳離開不準備帶走，就還給我們。

—怎麼說？

——之前他用過七、八年了。

——這咖啡壺回到我們家之後用途變成煮空氣。

——剛好解決掉過期或者難喝的咖啡粉嘛，我喜歡煮咖啡冒出熱氣的味道，空氣中充滿咖啡香，那跟一盞昏黃的燈、一疊不太整齊的報紙都給我家的感覺。聽聽這一段：

在離開巴黎後的將來，畫一張記憶之版圖，咖啡館一定佔據顯著的篇幅。我喜歡其中適合談話的氣氛，杯盤、人語、音樂盈耳，就像坐在巴黎的沙發，閒閒散散的午后，陽光透進來，世界在緩慢飛起的塵埃間轉動著。

——有時候從妳的角度來理解我太熟悉的巴黎，是件很有趣的事。妳面對這個城市總像個小孩子，有許多好奇心與獨到看法。這也是我爲什麼很喜歡跟妳那群台灣朋友聚會，我坐在家裡就可以翻閱百科全書。

—最初的巴黎經驗是與自由連在一起，因爲在台灣我最熟悉的地方，被太多的眼光牽絆住，我不懂得生活，一路就這麼成長，和大多數人沒兩樣。

—妳喜歡咖啡館就像我喜歡廟，台灣好多大大小小有趣的廟，到哪裡都見得到，在這點意義上跟我們的教堂差不多，那個誰的先生還學流氓在龍山寺打坐？

—人家是羅漢，跟著我唸：羅—漢。

—流氓比較好聽，我第一個學會發音的中文詞。

—除了廟你還喜歡被人叫帥哥、帥哥吧。

—那是第二個學會的詞。

—學來學去就那麼幾個。

—喂，突然想起一句名言：我不在咖啡館，就在到咖啡館的路上；我們一旦吵架，妳也會這麼說。

—其實也就約過那麼一次吧，再來吵架我就故意煮一鍋紅豆湯。

—紅豆湯超恐怖！妳說紅豆在中國象徵我們想一個人？該建議巴黎咖啡館有一區專門供應紅豆湯給要懲罰先生的太太們。如果我替你倒茶，那是友誼，如果我替你加紅豆湯，那是報復。

—小時候我第一首會背的古詩就叫〈紅豆〉。

—不是叫〈冷茶藍調〉？

—你這人、實在是，到那家咖啡館的原因其實很感傷。

—因為某人消失了。

—我在學生餐廳碰見那個香港男生，他是一個朋友的朋友，唸完書正準備回香港。隔天接到他的電話，一時還想不起來是誰，我提過正在找學校，他說手上有些資料便約我在一家咖啡館。

—老套。

—我們坐了一下午，聽他說這五年在巴黎的點點滴滴，一起用過晚餐之後，我請他不用客氣，但最後他還是送我到家門口。

—他明說了？

—嗯。在巴黎人們有太多機會萍水相逢，夏天坐在盧森堡公園曬太陽，皮膚曬黑之前，可以出現五個前來搭訕的男人。我不喜歡那種輕易邂逅的關係，也不能忍受因爲寂寞去發展一種關係。

—妳總是很保護自己，他應該跟那種職業性搭訕者不一樣吧。

—感覺他是誠懇的，不過我沒怎麼回應，道聲晚安，轉身上樓，就這樣。

—跟我的印象有點出入，原來你們坐了一下午的咖啡館，他不是隨隨便便就愛上妳，當然時間長短跟愛不愛沒什麼邏輯關係。

—過幾天我收到他一封信，他說那天在我家地鐵旁的咖啡館坐到午夜關門，他想著我，想著跟我認識的這件事。我有些感動，感覺像是在水岸邊，聽見對岸有個人在說話，內容並不重要，隔著水，一切不太直接、淡淡的。

—妳偏愛那種調調。

—本來隨著時間，這件事只是一段小小插曲，如果沒有在地鐵巧遇一個香港女孩。

—日安，記得我嗎？

—嗨，好久不見了，妳不是已經回去香港？

—是啊，我申請到藝術家交換計畫，要到加拿大半年，這次只是來巴黎玩幾天，順便把東西整個運過去。妳呢？

—我六月開始申請學校。

—她問我是否記得那個香港男生，理個平頭，戴一只耳環。我不知她要說什麼，故意裝成印象很模糊。她說他死了，回香港之後不久。當下我的腦子轟轟的，空白一片。

—所以妳並不知道他怎麼死的？

—似乎是個意外吧。那一整天都很反胃，有什麼要嘔上來似的，一直空腹著，連咖啡也喝不進去。

—當妳情緒很低落或者很高昂時，總是這樣。

—當晚我第一次走進冷茶藍調，那是最後一個我與他相關聯的地方，一直坐到打烊。我想著他也曾經坐在這個空間，想著我，而今換成我在這兒想著他，他卻永遠消失了。

—妳……

—什麼……

—也曾經這樣坐在咖啡館想著我？

—才沒有。你又不曾單獨消失。

—那就不用想著我？

—你忘了啊，我回台灣做了一個惡夢，醒來難過極了，我好害怕我們中間哪一個人先消失了。

—童年時我很喜歡一套週末影集，有一集的內容至今不能忘記。一個小男孩非常著迷魔術，好幾次上門，用盡各種辦法，終於說服一位擁有絕妙神技的老魔術師收他爲徒，小男孩便開始擔任老魔術師的表演助理，老魔術師總這麼說：你要先相信魔術是眞的，你才能成爲眞正的魔術師。

—然後呢。

—在一九〇〇世界博覽會節目中，他們合作表演催眠，在所有觀眾屏息以待中小男孩被順利催眠，漸漸、漸漸地飄在舞台上空，猝然間，老魔術師身體一陣痙攣，巨聲倒地，沒有人能夠解除催眠指令，小男孩越飄越高，穿出棚頂，飄到很遠很遠，在佈滿星星的夜空中，長眠不醒。我哭了，覺得很悲傷。

—生命裡充滿著這種不太好歸類的事件所留下的記憶，輕也不是，重也不是，帶點苦澀，經過時間調和成某種難言的滋味。

—妳不是教我那就放在苦艾酒博物館裡。

苦艾酒湯匙——這是第三件

—這間博物館是由一把特殊的湯匙開始的。

—連我這法國人都不知道，每聽妳說一回便加深一次趣味，好像我也跟去過似的。

—從巴黎搭火車到「梵谷之家」四十分鐘就到了。他生前最後住在一間客棧後面的頂尖閣樓，非常狹仄而且房裡祇有一扇天窗。

—眞難以想像在這種條件下他能夠完成七十多幅畫。

—梵谷的墓離得稍遠，沿途經過一片麥田，他曾用奇特的比例、構圖與顏色描繪，畫裡面天地似要起震動、麥田隆起來、群鴉驚得亂飛，然而我和朋友去的季節是初夏六月，麥田一片青綠，平靜而荒涼。

—「麥田群鴉」！據說他就是在麥田裡舉槍自盡。

—當場沒死成，回到住處隔了兩天才斷氣。

—眞慘！

—他的墓碑寫著：這裡安息著文生・梵谷，旁邊是他弟弟，兩墓一式都很簡素，上面覆滿了常春藤，一時間我們說不出話來，朋友將一瓶裝滿紙鶴的玻璃罐放進草藤中，前夜她親手摺的。之後往城中心走回去，氣氛才輕鬆些。經過一間博物館，我們往裡面瞧了一下估量著值不值得買票參觀，一位裝扮高雅的婦人對我們微笑著。

—我對她太熟悉了！

—眞的麼？

—她在博物館前院種著幾株苦艾草，裡面收藏了任何能與苦艾酒沾上邊的東西：植物圖鑑、店家招牌、繪畫、攝影照片、廣告圖片、電影海報、政府禁令、酒器、菸灰缸器皿等等，還有什麼？

—三樓還仿製一個古董吧台播放著「美好時代」的音樂，那是苦艾酒的年代。

—當說起「懷舊」這詞，我最直接會聯想到「美好時代」，尚未經歷過世界大戰的歐洲，富有朝氣、天眞、爛漫。《綠色精靈》書裡夾著的歌舞女郎明信片就很標準。

—這本書是我二度造訪時買的，中間隔了差不多兩年。

—那位女士還認出妳了。

—我十分驚訝她竟然記得我和朋友來過還問了許多問題。

—她沒遇過這麼愛說話的顧客，大概。

—我們這次談得更深入，她正職是醫學院教授，所以博物館只在週末開放，蒐集這些苦艾酒的東西已經三十年，問她原因，她驚嘆著說全憑一股熱情啊！

—爲什麼她把博物館開在Auber sur Oise？

—我也問過，她說苦艾酒和印象派繪畫淵源頗深，她寫過一本專書討論，另外還寫了苦艾酒歷史、與苦艾酒相關的詩作。

—明信片後面有她親筆題字，還送妳這支仿製的苦艾酒湯匙。妳剛說三十年？眞難以想像花了這麼長時間對一樣東西的熱情仍不歇。

—剛開始她祇是對這種奇形怪狀的湯匙感到好奇。

—看看，和一般的湯匙是那麼不一樣，整支是平的沒有凹曲處，鏤穿雕刻著圖案，裝不了一滴水。

—最早在貴族之間流傳，因爲苦艾酒太苦必須加水加糖稀釋調味。可惜苦艾酒在法國一直沒解禁，很好奇水穿過湯匙上的方糖流到綠色酒液裡所變化出的白色雲霧，那位夫人就如此形容，當我想像著那個變化，隨即聽見她說全憑一股熱情啊的口吻。

—兩千年過後不久便解禁了，但已不是當初酒精濃度高達百分之七十幾的苦艾酒。

—百分之七十幾，喝起來很像在喝酒精。

——這麼多苦艾酒的東西，她自己眞正喝過苦艾酒？

——她笑著很神秘地說：是，我喝過，很香，但不能說好喝。

——住巴黎這麼久一次也沒去過那裡，若照著妳的記憶前往也不對，反正有圖、有書、有明信片、有湯匙，還有苦艾草葉咧！

——她隨手拔了一束要我聞聞，記得它的氣味類似迷迭香、鼠尾草，然後教我用手指把苦艾草搓出汁液，嘗嘗看，滋味很苦，簡直像藥。

——現在已聞不出什麼，嚼起來仍是那麼苦。

——普魯斯特說得不對，嗅覺不比味覺持久。

——法國以前執行死刑，人犯在上斷頭臺之前都會喝一杯蘭姆酒（Rhum），怎麼不選擇苦艾酒？酒精濃度那麼高，這樣醉得更兇什麼都不知道。

——難道死前還要喝那麼苦的酒？總不至於叫劊子手準備湯匙、方糖。在法文裡苦艾酒就是「Absinthe」這個字，中文叫「苦艾酒」，我喜歡這個字眼，很難跟你解釋我對某些中文字的偏好。

——又來了，最氣妳動不動就搬出中文很難解釋什麼的。

—除非一段漫長時間，我們很難徹底融入非母語的語境裡。

—但花草的法文名妳比我還熟。

—這倒是例外，很多花草植物我只知道法文名，一見到樣子，腦中立即反射出的都是法文，它們的中文稱謂對我毫無意義。那段時間在巴黎做什麼也不是，開始對植物產生興趣，以前根本不太留意，時間多了嘛。

—沒事就把氣出在我身上，見妳那樣我很難過又自責，妳說會夢到家鄉，醒來疑惑自己怎麼會在這呢，好像被偷換過似的，妳總是說我不能體會一個人離家在外，妳並不是一個人啊。

—其實我心裡也建築了一間苦艾酒博物館，一格一格的抽屜，收放了我許多不知何以表達的記憶，當然並不是快樂的，要是快樂就不用表達了，人不會苦惱於不知該如何形容快樂才貼切。

—何必需要一間苦艾酒博物館呢，不快樂應該要忘記。

—我會把帶著淡淡哀愁的回憶放在裡面，因爲淡到不能歸類不能處理然而也不能忘記，就放在裡面吧。每個人心裡也許都有那樣一間博物館。

—為什麼是淡淡的哀愁，濃濃的就不行？

—要很討厭一個人或是對一件事很生氣張開嘴巴直接就罵了，何況我什麼都會告訴你的。

—妳說有我之後就不太需要寫東西給自己了。不管是濃的淡的哀愁放在心裡都不好，不去理會就沒事了。

—不是這樣的，你沒懂我眞正的意思，是不能表達的，理由不充分的哀愁。

—不懂，怎麼說？

—弟弟的同學全家要去旅行，因爲這同學是獨生子，他父母擔心他會感到無聊，我弟平常跟他最要好，所以邀約弟弟一塊去。

—爸媽不答應？

—他們認爲不大妥當，我們家出不起這筆錢，要人家出錢實在很奇怪，但弟弟很期待可以跟好朋友一起去玩，爸媽又擔心一旦拒絕會不會害人家因此去不成。

—那小弟還是跟去了？

—臨行前爸媽一再叮嚀要是人家不高興就回來吧，弟弟背包裝滿一堆玩具興高采烈趕去會合了，然後將近中午又折返回家說同學一家人決定不去了。弟弟強裝出一副懂事的表情，全家人都不再說話。

—那對父母怎麼都不考慮別人的感受，有錢也不必給人這種難堪啊！怎麼說著眼睛就紅起來了，好了、好了，我也是妳的苦艾酒博物館，不快樂的事就往我這兒放。

—哎呀！有嗎？這件事沒什麼大不了，我甚至不確定家人是否還記得呢。我喜歡擱在這兒，你肩窩和下巴形成的小角落，偶爾鬍子搔著我，癢癢的。

—喜歡就靠，完全免費。

—還說，只要我靠上去聞見藥味，就知道你偷拿我的藥，自己胡亂貼一通。

—趴在地上製作模型過久，筋骨痠痛，就跟妳學嘛，妳老是會塗抹一些奇奇怪怪有點辛味但很好聞的東西，坐在地鐵裡嫌悶就額頭、人中、耳後四處抹一抹，我注意力就會隨著那股辛味轉移。

—家裡寄過來的四物湯你也愛喝，Tracy覺得很奇怪，她說一般法國人面對黑糊糊的一鍋都不敢碰，Philippe一見到馬上就會鼻子眼睛皺一起說噁心！她斷定你上輩子是中國人。

—她還說那是給女人補身用的，喝多了會變成「太監」。我很喜歡那股味道，雞肉在湯裡面滋味很奇妙，骨頭被燉得很爛咬下去就化開了，冬天喝「黑湯」暖洋洋地好舒服。

—喜歡中藥味道的法國人畢竟不多，我也是來到法國才開始搽香水，以前根本排斥，覺得既貴又很人工，上了年紀的女人才塗，尤其在台灣夏天擠公車最怕聞見，香水味跟汗臭味交雜著，聞了會頭暈。

—那妳後來怎麼開始搽的？

—香水店門口會架起新款香水讓人試用，走過去就往脈搏噴幾下，隨著心臟律動香水自然發散，心情就像穿了件新衣服。

—很多法國人都說得出特別偏愛某個牌子的某一款香水，要是常常使用同一款香水，如妳所說那就像他常穿的一件衣服，跟那個人的形象會打成一片。有次約會，聞到妳身上有古龍水的味道，又不好問，還胡思亂想了一番。

—那時香水都是人家送的，一小管一小管試用品，大概搽的時候沒留意。

—男人和女人的香水不能混搽，一聞就能判別出，我是「神鼻子」。除了妳帶來那瓶明星花露水，說你們家都用來塗蚊子咬，那就男女皆可。曾經在某個場合，我聞到一股玫瑰花香，然後在與人交談時就特別留意，想找出味道的主人，整晚我一直追蹤著玫瑰香味。

—找到了嗎？

—沒有吧，不大確定。

—也許她不愛洗澡，所以用香水掩飾體味。

—這是偏見，天氣乾本來就沒必要天天洗澡。體味是天生的，上帝說不應該歧視另一種族的體味。

—我沒有！除非單獨跟一個男人約會，我才會塗玫瑰香水。

—太濃？

—太有暗示性。

—一瓶香水灑在不同人身上，一段時間以後形成的味道也不一樣。

—要看男人追蹤香水味的耐心能維持多久。

—我經驗不多，得打電話找別人問問。

—你沒聞到那女人身上的「後香」？

—忘了、忘了。記得那位也住過里維街八十二號的老先生？他說從前出地鐵都會聞到屬於那一區獨有的環境的氣味。

—爲了佐證他還拿出房屋稅單、來自布列塔尼亞的那位？他指的是八十二號住戶每一家飄出的飯香不一樣吧。

—巴黎已經不是巴黎了！那時候，連在巴黎北站的阻街女郎都如此優雅，挽著個小提包、身形輕巧姿態迷人，那一區散發出行人潔白衣領上的味道，還帶一點加在生蠔裡的檸檬香醋味。現在什麼也聞不出來，不論哪裡都一樣，路上的狗屎、地鐵裡的尿騷，這些骯髒自私的現代人！

—眞是這樣？那時每一區都有其獨特氣味？

—比如蒙馬特，一出地鐵就會聞到混合著煎薄餅的奶油香、廉價的薄酒萊以及削鉛筆留下的碎削木香。妳住這附近？

——我住在十七區，里維街。

——我住過那兒，現在是我的親戚住，八十二號。

——不可能吧！我就住在里維街八十二號。

——每次回家，遠遠地，即使閉上眼睛，我都能分辨出屬於妳烹調出的菜香，與別家絕不相混。

——當初實在吃膩了學生餐廳才打電話問家裡要簡易食譜，慢慢摸索出心得，之後就越來越喜歡做菜，覺得自己好像一名女巫，手裡拿捏著各種食材，隨意變出東西來。

——睡前妳抱著食譜看，原來在研究法術。

——這樣子入睡比較幸福。

——起初以爲妳預備第二天做出豐盛佳餚獻給丈夫，後來發現妳只是習慣睡覺前流一流口水、醞釀待會兒夢見食物而已。

——亂說，我常更換不同的菜系食譜，讀後多少都會嘗試。那本專門記錄做夢內容的冊子放在床頭左邊第三格抽屜，你去找，看有哪一頁提到食物。

—有些用中文我看不懂，有些畫圖案、做記號……好像常常出現我的名字，眞令我感動！

—唉，有你名字又不代表什麼，我最記得一個關於你的夢並不在這裡面，在我們分開最長的一段時間裡。

—那次妳說要回家攤牌，機票一直延期。

—睡到半夜嚇醒過來，喘息不止，我無法說出具體情節，當我們生活在裡面時覺得一切好像是永恆的，過下去就會是每一天，一天、一天重複下去，你、我……可那個當下我分不清是夢還是醒著，我們之中的一個不在了，永恆從中間割斷了。

—所以我半夜被電話吵起來要求製造各種噪音。

—那時不敢說出這夢，中國人相信隨意出口的不祥之事後來會兌現，聽見你、家裡面我所熟悉的各種聲音才覺得安心。

—我正在爲個人所接的第一個案子勤快努力，完全沒去想妳可能不回來、我們永不再見面，又不是演戰爭愛情電影，妳總是想太多了。

—你到戴高樂接機時眼睛紅紅的呢，還幫我辦了一張地鐵年票。

—沒睡好吧。媒體報導下個世紀兩千年會如何，有各種版本的推測，地球毀滅、世界末日、戰爭人禍、耶穌復活，我不在乎，人的力量很小，世界怎麼樣人就跟著怎麼樣，我確信我們會在一起……地鐵總是要搭的。

—我卻常想著未來如何如何，一些沒有答案的疑問，可你是對的，不論何時我們都無法想像現在這個當下。

—我祇相信眼睛看到的、鼻子聞到的、耳朵聽到的、舌頭吃到的，一切可觸可感具體的東西，至於上帝嘛，需要時會禱告一下，但我也不全對，的確有些抽象的無法觸碰的事物也真實存在著，不去想罷了。

—而今在另一個世界裡，我們還能說說話，看著我們的家一一細數過往，我覺得幸福。

—妳的夢只猜對一半，多年以後，我們一起消失，沒有先後。

—我猜錯了，那不是從時間當中斷裂，你在我身邊，我們一直說著話，和以前一樣。

—這一切的確不是意外發生前我們所能想到的。

—想想，如果當初不來法國，繼續留在台灣，我的人生應該會完全不同。

—妳常常這麼想？

—人嘛，總是會猜測、比較、想像一下，你不會？

—不會，從來不會。

—語氣堅定得離譜，該錄下來作爲證據。

錄音帶——這是第四件

—當初錄的，全在這兒，加起來有好幾卷，上面還貼著標籤，裡面可都是珍貴的歷史錄音。

—你偷偷錄下我們平常聊天的內容，錄完了才讓我知道。

——我找找，說的是這卷。

——放來聽聽。

——……之前我聽過一個笑話，表示「交換語言」得說échange linguistique，可不能說échange de langues，因爲LANGUE有兩個意思：「語言」和「舌頭」。所以考慮了一陣子才接受你的提議，我們都覺得要小心，法國男人喔全世界有名。

——這是部分正確的偏見，有這樣的法國人，也有這樣的英國人、德國人、美國人、菲律賓人、埃及人。而且就算基於感情因素才找妳作語言交換，也不是件壞事，你們中國人總是有這麼多規矩，喔，不能說中國人，要說台灣人——我的小跳蚤，怎麼不說話？

——別這麼喊我，只有你們法國人才這麼喊情人，兔子、小羊、鴿子、小狼、小雞、小熊，開動物園的？……

—現在聽來像兩個陌生人，聲音和語氣都不對，演侯麥電影似的，我們曾經在某一個時空那樣子說話？

—這卷錄音帶有陣子可是我的床頭催眠曲，邊聽邊笑，妳的法文腔調很逗，連音跟鼻音時有時無，還有語調老是上揚，像一個小孩子覺得世界很新鮮，充滿問題。

—你自己的中文呢？學了大半年只會自我介紹，遇見華人說幾句俏皮話。當初誰說一定會學好中文，要用中文跟我家人朋友溝通，將來生的小孩也一定得說兩種語言。

—要分辨四聲是多麼困難啊！媽—媽—騎—馬—馬—慢—媽—媽—罵—馬，所以法文裡要表達一件事非常困難時就會說：那是中文！不過我喜歡寫中國字，每個字都像在畫圖。

—越複雜的字你記得越牢，簡單的字反而不曉得該往哪撇過去。

—妳要我好好練習，龐畢度廣場就擺著幫人寫中文的攤子，一個名字五法郎，練好了可以幫助家計。

—說我，你才帶回來一堆法文姓名要我譯寫成中文送朋友。當初也是你先要求我朗誦課文讓你錄下來，第一遍唸的速度放很慢，第二遍正常速度，還要留下跟句子等長的一段空白時間。

—我也依照妳準備的文章、廣告單、劇本、雜誌、小說……一句一句錄下來，我自己讀書都沒那麼勤快。

—懶人學習法嘛，洗碗拖地剪指甲或是發呆時，總會掉幾句法文到腦袋裡，即使一天都沒讀書，也足以自我安慰。

—妳搭地鐵也聽。

—地鐵裡的空氣不好，不如閉目休息聽聽錄音帶。你知道麼，有一天突然很好奇，出自錄音帶的聲音一定和我平時的不一樣，深夜偷偷錄了一、兩段課文，然後按出來聽，想知道我的聲音究竟如何被你聽見。

—妳那麼關心自己的聲音好不好聽？

—也不是，深夜突然有個靈感吧。

—我以爲妳逐漸墜入情網，開始在意自己所表現的一切。

—不曉得，很直覺便這麼做。

—滿意嗎？自己的聲音。

—不太記得了，跟我自己平時聽到的有些不同吧，所有人不都這麼以爲麼。

我有一點點台灣腔你也聽不出來。

—啥米！

—還有呢？

—妳眞水！

—其實我印象最深的不在錄音帶裡面。你要求我用很慢的速度唸中文，就像老師在教小學生唸課文。有一回在等待與句子等長的空白時，突然對書頁印上的句子生出很陌生的感覺，那些不必去思考或者懷疑的眞理，每一句都是對的，很早便已存在思想背景裡，竟然讓我像第一次聽說這件事那般感到驚訝：

你喜歡什麼季節？

秋天，秋天是收穫的季節。

你喜歡夏天嗎？

當然喜歡，夏天能游泳。

這裡冬天下雪嗎？

我們這裡從來不下雪。

—速度的關係，讓事情的意味變得不一樣。

—或許時間一旦延長，會讓人在空間中的感受也不一樣。

—這絕對出自你們的教科書，在歐洲人們很難想像不下雪的冬天，當妳說從來沒看過下雪時我真訝異，雖然巴黎已經十年沒下過大雪了，但對我們而言，雪就跟風、雨、太陽一樣，是平常而且恆在的。

—十二月是南半球的夏天，我們不也難以想像聖誕老公公穿短褲吃西瓜。以前台灣有首流行歌把戀人之間的距離形容成：像熱帶的人們永遠不懂下雪的冬季。

—把句子唸得很慢又留下一段空白，時間的距離也拉長了……妳說一筆劃一筆劃慢慢寫一個中國字，寫著、寫著就越覺得不像這個字，開始懷疑這個字的寫法。

——嗯，偶爾會發生，但像法文就沒有這種問題，頂多把字拼錯而已。

——妳想想，是否不知不覺中，妳慢慢習慣了我的聲音、我這個人，因爲一個人老在妳耳邊說話，教妳這、教妳那。

——是啊，人對聲音也是一種習慣。你一句一句錄下的聲音跟平常遇到的法國人不一樣，彷彿在娓娓訴說一些事給我聽，是很善意很有幫助的，不急不緩，哪像平時遇見的法國人一串字黏在一起。

——一離開我的聲音就不對勁。

——所以在巴黎半夜時間打電話給你嘍。你拿起無線話筒，掀開棉被繞到床的另一邊穿起我的拖鞋，走到客廳，你略嫌大的腳踩在木地板咯茲、咯茲；啪，開燈；嘩——匡，拉開抽屜；窣窣翻著東西，再咯茲、咯茲走到廚房；咕嚕嚕，過濾瓶裡的水倒進煮水器；嘀，按鍵煮水，你說就彷照我的習慣喝不影響睡眠的枸杞菊花茶；轟轟，水開了；啪，按鍵跳上來；熱水嘩嘩沿著杯身沖開菊花枸杞子，恍然我也聞到那股淡淡的香味。

——記得這麼清楚！早知道就先錄好讓妳帶到台灣聽。

——回去彷彿是客人暫住在旅店，而那家我都住過二十幾年了，裡面保留著從小到大的點點滴滴，但我看著它們覺得好陌生，像在旅遊景點看著櫥窗裡形形色色的紀念品，台灣的家變成記憶，不是我的眞實生活。那感覺令我害怕，也令我更確定。

——確定什麼？確定家裡電器運作一切正常？

——無聊。

——怎麼把臉撇過去，逗妳啦，其實我挺感動的，妳想聽我們家的聲音。妳打來的時間太晚，不然我會扭開音響放音樂，妳每天起床和回到家的第一個動作。會不會這和妳爸的職業有關，妳說從小就很習慣聽爸爸吹一種什麼樂器？

——西梭米。我爸一向很沈默，當他吹著樂器走在遊行隊伍裡，那時就不是我爸，是一個在表演的藝人。除此外，他完全不懂我聽的音樂，我們很少聊天。

——算起來那三個月我不知打掉多少張國際電話卡，又浪費了多少卷衛生紙。

——你那個裝置挺有趣的，現在只留下照片吧，使用過的衛生紙很難保存。

—照片後面寫著：「她的聲音，電話中」。妳邊講電話我邊在一卷衛生紙上重複畫一條條短直線，最後展開來就是我們說話的內容，妳每次的聲音都錄在裡面，有時畫成交錯的曲線，那時妳的情緒顯得比較波動。

—這邊邊鋸齒狀的代表什麼？

—偶爾妳迸出的罕見的高級詞彙。

—天知道，完全是巧合，有什麼就撿來用。我永遠不可能記得所有法語單字。

—難怪當初會聽不懂我的電話答錄機。

—不是聽不懂，是覺得古怪極了，不知該如何留言，還隔一陣子就改。

—您要找的人不在，我是答錄機，您可以跟我說話。

—您剛剛所聽到的是伊瓜蘇大瀑布的聲音，之後輪到您啦。

—沒錯這裡是我家，聽聲音該知道我是誰吧，雖然巴黎天氣不怎麼樣，我還是出去了，請您在嗶聲之後留言，謝謝。

—要是有人天氣晴朗時打電話來一定覺得莫名其妙。

—本來巴黎的天氣就不怎麼樣，妳教過我一句台灣俗話：善變的天氣就像後母的臉孔，巴黎就是後媽生的。

—鬼扯！

—後來我們住在一起，我的答錄機出現女主人的聲音，一句法文緊接著一句中文，這樣不論找誰都沒錯。

—受你指使隔一陣子就得更換答錄機內容，後來朋友說由此可知巴黎失業率一定很高，你們夫妻倆眞閒！

—還有那根羽毛也被列爲證物，諷刺我們時間多到跟鴿子打混。

鴿子羽毛——這是第五件

—房間床頭上方被你鑽個小洞，插上一支羽毛，連根部都完整呈現，直像從鴿子身上硬拔下來的。

—妳怕兩隻腳的家禽，尤其最怕雞，我不好掛一隻鳥在上面，羽毛算是意思意思。

—誠心嚇我？問你哪來的，說什麼一隻鴿子留下的禮物。

—羽毛眞的是一隻鴿子飛過所留下來的，至於禮物這個說法，我跟牠周旋了個把小時，理直氣壯得出這個結論。

—我前腳跨出家門，你就無聊到抓鴿子玩。

—一隻鴿子停在樓梯走道的窗格上，繞上繞下、旋來旋去，分明是想飛出去但找不到出口，窗戶既高又關閉著。我祇好敞開自家大門，打開家裡面所有窗戶，好讓牠能進來我們家再飛出去。

—然後呢……

—鴿子踏、踏、踏底挪近，卻又不敢飛入，我杵在門口大概很像看門警衛，於是便下兩層樓讓牠以爲我走遠。好些時候沒有動靜，正等得無聊時，聽見鴿子振翅、類似指甲刮玻璃的聲音，應該是飛到窗口了，確定一切安靜下來我才進門，一根羽毛明顯遺留在蕃薯葉盆栽旁邊。

—多感人！搞不好下輩子牠會對你報恩，中國鬼怪小說很多這類記載。

—書裡不是說美麗的女人都是些狐狸、蛇之類變的，那我的妻子呢，雞變的不成？

—明知道我很排斥雞鴨鵝鳥，全是一類討厭的傢伙。

—眞怪，蟑螂、老鼠、蛇倒不怕。

—我家附近的鐵道有一段下面是溪流，像一座橋懸空著，小朋友常比賽誰可以最快速度通過，有回走到一半，我瞧見另一端有幾隻雞，慘了，沒有退路又不能閉著眼走過，我不敢聲張，怕其他小朋友一旦知道從此會拿雞嚇我。

—逛台灣傳統市場聞到一股異味，妳拉拉我的袖子說別靠近，一開始我還不明白，原來籠子裡關著很多雞，全部擠成一團沒臉沒身體，只有雞毛鑽出鐵籠，以我一個歐洲人看來是有點不可思議。

—想起來還能聞到那股熱漲漲的瘟味。

—看到害怕也罷了，翻到圖片妳也會尖叫把書丟開。

—聽朋友描述過一件事，是我所能想像到最恐怖的畫面。他家是務農的，過農曆春節家裡的女人張羅年菜，準備殺幾隻雞，將雞抓來翻過身割喉嚨，然後再用滾燙的開水除毛，突然間他祖母喊著：那隻雞怎麼亂跑！

—還沒死？

—一隻被割了喉的黑毛雞滴著血竄到客廳，雞頭已經垂下一半來，走了十幾步路才倒地。

—簡直超寫實。

—從此他們家的女人殺雞前都要說：是刀殺你的，可不是我，祝你早日投胎下輩子不做雞了。

—當然，雞在你們那邊有妓女的意思，輪迴再來一次時，應該要換換角色。我們就很少談輪迴，人要是都符合物質不滅定律，地球不是太擁擠了。

—扯哪了。

—還不祇怕雞，妳拒絕觸摸動物，害怕感受牠們心臟跳動，似乎妳的雙手正掌控著一個很脆弱的生命，恐怕自己會一不注意……

——每次跟朋友提我最怕雞，他們第一個問題都是——

——那妳吃不吃雞肉？

——沒錯！我挺常吃雞，就是不能看見雞頭，否則一整鍋都不會再有胃口碰，心緒也被驚擾。我家人很注意，即使買回來現成的烤雞、燒鵝，也一定先丟掉頭部。

——妳放心，在巴黎餐桌上不會看見長著頭的雞。

——想起來好笑，當初我們在一起，我姊問怎麼不怕抱法國男人，不也是毛多心臟會跳。

——怎麼我被比作雞了？

——其實在兒童期我就建立了對恐懼最堅定的信念，如果一個人要懲罰我，或者不管爲了何種原因恨我，那人會把我關在一處充滿了雞的空間，鐵門上鎖，窗戶牢牢閂死。

——會不會太費事了，還得抓來很多隻活雞。

——還沒講完。那些雞的狀況不一，有的病，有的死，有的毛被拔掉一些，地上佈滿了雞血，還有被雞踏過的腳印，紅色的血跡磨過來蹭過去，雞毛不時飛揚起來。

——放心，我根本不知道活雞到哪裡抓，超市賣的都是處理過的雞肉。欸，一支羽毛應該是詩意的，竟引發出妳最深的恐懼。

——其實我覺得自己比較接近「植物人」，對植物的感情正面多了。

——那我？我是礦物人。

——你不喜歡花，只對不開花的植物有興趣，廚房窗台上養著大盆小盆各樣仙人掌。

——現在肯定都成了礦物。

——聽說女孩子房裡不能養花，否則花會吸收女孩子的精華。

——妳祇喜歡白色的花。

——花本身已經絢爛到無須強調，再加上顏色，就太豔了，調和得不好會顯得髒。單色一束的花還比較可以接受。

——老早就發現取悅妳很困難，我很聰明從不送花。

—明明貪圖省錢。說眞的，那一根羽毛插在牆壁上像是浮雕，看來的確很詩意，好處在於並非刻意裝飾的。

—我們愛亂撿又愛四處旅行蒐羅些有的沒的，沒想到東西也會自己送上門。

—這樣講我們家不就成了觀光勝地，鴿子還留下到此一遊的證據。

—羽毛看起來沒有以前那麼豐盛。

—羽毛也會老吧。

—我們家其實是旅行箱，裡面裝著許多東西，每樣東西背後都有回憶。

—我們四處旅行蒐集回憶，又把回憶裝進旅行箱……不知道，想起來覺得旅行很不眞實。

—怎麼說？

—暫時離開一陣子，暫時留在別的地方，暫時借用人家的生活方式，暫時的貨幣，暫時的語言，暫時的電話號碼，一切都有使用期限。

—聽來有些悲哀，妳對雪的記憶也算在使用期限內？妳如此期待過的，見到之後好半天跟我說不出一句話。

—雪，爲了避開人潮，那回我們還故意延後到聖誕假期結束才到Chamonix。

—那就去看雪嘍。

—好，不回你家過聖誕節都好。

—是有點煩，每年都是那一套。

—在台灣我從未見過下雪。

—妳講過好幾次了。

—不會帶我去看那種巴黎每年下個兩吋厚的雪吧，我要的是漫天大雪，把一切都給蓋住，整個世界變成純白顏色。

—實際點，那樣會很冷，我們得去替妳選購雪衣雪鞋滑雪手套。

—我才不滑雪，純粹去看雪。

—只有旅行箱是永遠的。黃昏的光灑進來，照得每樣東西都暖和起來，家裡比平時更像在夢裡面，我們正做著旅行的夢。

—這個時刻，我妻子最容易犯浪漫病。

—那天，也是黃昏，海邊的黃昏，風好大，雨其實下得不大，你開著車子，雨刷有點故障你伸出手去扳扳雨刷，我們正聽著德布西〈夜曲〉，到了「節慶」那個段落，你說音樂的觀點是從近到遠……

—不說這些了。

—一瞬間的事，我也記得不是太清楚。

—我不希望妳難過。

—怎麼會，都過去不知多久了，時間一恍惚，事件便似眞似幻起來。

—妳記得不？有堂建築課教授要學生用一年時間觀察一棵樹，我被分派到榖樹。那教授也是夠浪漫了，說建築就是天與地的關係，要我們先學會去面對一棵樹，如同對待一個極親近的朋友。

—我記得你還形容落葉給我聽。

—那次是到凡爾賽花園，秋末季節，一排樹正在掉葉子，天空是白色，碎石徑亦是白色，眼前一片背景是那樣乾淨。

——都是白色的背景，容易讓人覺得時間好像靜止了。

——我就在那裡傻傻地看著，葉子落下有的像搖籃左右平均搖晃，有的像體操選手連續翻滾，有的直直快速墜下，有的在途中被風吹遠了。

——形容我也不會形容得這麼好吧。

——那時刻很奇妙。

——嫌我浪漫，我才慶幸椴樹不用過生日和情人節。照片放哪？

——椴樹的？

——陽光穿過樹葉間極微小的縫隙。

——那陣子對影子很著迷，觀察椴樹變成觀察椴樹的影子，還剛好碰上日蝕。

——這麼厚一疊，日蝕⋯⋯拍出來都是新月形狀，一片片指甲似的。

——很像妳幫我剪指甲剪了一地。

——手指甲簡單，但你的腳又厚又硬還帶點黃顏色，我得一根一根搓洗再用熱水泡過，加速血液循環，最後塗上薰衣草香味足部專用乳液，這樣你回家脫掉襪子就不會那麼難聞。

—氣味不對，妳感覺就不對。其實，妳那樣做讓我覺得很甜蜜。

—哪樣做？

—那樣細心照顧我的腳啊，不然我是從來不留意的。

—眞後悔沒罰你吃自己的指甲。

—什麼啊，妳該吃藥了。

幸福傷風素——這是第六件

—裡面的藥錠已化成粉，搖一搖像沙粒在裡面響著，金色的鋁箔標著「幸福傷風素」。

—早過期了。

—那是旅行時不知誰送的，我們也沒吃，一直壓在旅行箱夾層裡，很後來才發現。

—覺不覺得這個藥的名字很有趣？

—我們家以太太的意見爲主，藥的個性也由太太決定。

—算了，跟你在一起好像總是我說得多，以前我是不多話的，但那也不是眞的，我其實心裡一直不停在說話，只不過沒有一個適合的對象與環境讓我說話。每個人這輩子要說的話是定量的，我的份都留到遇見你之後才使用。

—妳對我也是啊，我們是最好的朋友。

—有一陣子擔心我失去跟自己對話的能力，也不再寫日記，因爲那樣做顯得不誠實，明明都跟你說過了何必複述一遍到日記裡。

—還是跟我說比較好，免得妳想太多，有時不快樂。

—和你日子一長，我想得愈來愈不多，就是一天天過下去，這不需要理由或者任何強烈的動機，你在、我在，事情好像就那麼簡單，跟我當初所想像的理想婚姻生活不一樣。

—妳原本想像如何？

—我以爲一定要有自己的空間，各自分開做自己的事——這是不可能的，隔不了多久我就會好奇你在另一個房間做什麼。

—生活並不是想來的，我們過著，一天然後又一天，就這樣，很平常，但眞的很好。

—即使多年後我仍然覺得自己是外國人。

—這樣啊。

—我指的是偏向正面意義上的外國人，跟現實隔著一種距離，在集體事物的表面上打轉，所以能自由選擇接收或者拒絕訊息。

—我是法國人，但也可以維持選擇的自由，說到底妳是沒有歸屬感。

—迎面走過來一個人，他無法確定我是否能以法文溝通，因爲我生來一副東方臉。我也無法確定巴黎的一切，仍有些什麼是新的、隔閡的，不因爲我住了多久而全盤改變，未到過的地方、陌生的人事、生字、新詞彙一直不斷在發生。

—妳覺得自己在巴黎還是一種旅行的狀態，這也不一定是壞事，或許我跟隨妳住在台灣，我也是這種感覺。

—人們看我總帶著一份距離，那距離可能有好奇、不以爲然、冷漠，那距離也給予我自由，我將永遠保持無名狀態，與生活的關係遠比跟其他人、整個社會的關係密切。

—因此妳讓我的生活變得更簡單，我有一半也是東方臉孔，當別人這樣解讀妳的時候，我正也如此看著自己，也許我們彼此看久了，就以爲自己生著對方那樣一張臉。

—後來幾乎不再意識到你是法國人，我們兩個既是同胞又都是外國人。我的世界你無法完全參與，你的世界我無法完全參與，而我們共同的世界沒有別人可以參與。

—是啊，我怎麼跟另一個人說這些呢？我們的相遇，多年一起生活，我們家，家，家裡每一件物品。

—在我眼中，現在的你，和以前一樣，甚至未來都將一樣，我們的家也是，裡面的每一件物品都是，死亡原來可以穿過永恆，肉身與靈魂的界線在永恆中便消失了。

—死亡？我們說著話不是。

—聲音和氣息都只是你的……你，完整的你，一絲絲陌生的隔閡都沒有，你在，我便確定這一切。甚至很久很久之前，久到我們還未在朋友的聚會上見過面，我便認識你了。

—咦，黃昏不是剛過去了，抱歉打斷一下，有沒有這張照片那麼早？

—多可愛！金褐色頭髮、灰藍色的眼珠、甜泡芙似的臉頰，就像在台灣常見到的那種標準外國孩童海報。

—這張跟朋友去倫敦自助旅行的照片，大約十四歲。

—看來是個很有朝氣很有教養的小青年。我這張跟你年紀差不多，好蠢喔，埋在教科書堆準備聯考，頭髮齊耳，簡直完全沒表情，害怕引起注意，好像工廠生產線上的罐頭。

—老愛跟我爭辯台灣和法國的考試制度，你們有多麼辛苦擠破頭考上大學，妳這張照片的確可以看出壓迫的效果，這種髮型叫水果皮？

——西瓜皮！二十歲你跟朋友合辦刊物，寫文章反對法國人唱美式搖滾，沒笑，眼睛直盯盯的，一副對什麼都不以爲然的神氣，最初我猜想這是誰啊，我不認識他。

——妳的照片很少。

——以前在台灣很少照相，不愛拍。

——來巴黎遇到我可就不一樣，這一疊都是妳的裸背，直坐著、橫躺著、弓起來……黑白顏色讓身體變成陶瓷材質，最後幾張葉影投在妳身上，像瓶身上面的圖案。

——很喜歡你用鬍子搔著我背部的那種觸感，刺刺癢癢的。

——溫存時還要我咬妳背。

——我知道你會咬得很溫柔。

——妳激動起來咬我可咬得不輕，咬痕深到很久才消失，可惜沒拍下來。

——這些！這些！你睡覺時的表情，很多張特寫，呆呆的。

——狗仔隊。

—好奇嘛，總說兩個人相處久了會成爲習慣，就像親人，我卻總覺得還是有……怎麼說……一種特殊的凝視，某些感覺原本死去了，然而在生活的縫隙裡，那種凝視會使我對你發生疑問，感覺隨之死去又復活，一直沒成爲單單只是習慣。

—妳在想什麼呢？常常我這樣問，有時問妳有時問自己，這近似於妳所謂的凝視吧。不懂妳爲什麼將凝視說成是「一種」？

—這跟我看見、注視、觀察別的事物不一樣。比如睡得晚或者半夜醒過來，看著你，想著怎麼這個人躺在我旁邊，到底是怎麼一回事？我感覺不到相愛、我跟另一個人互相愛著，沒有另個人，這人跟我太近太近，而不是作爲另一個客體在我身旁，凝視其實是試圖拉出距離，就像你突然注意到呼吸這件事，就會深呼吸，或者屏住呼吸。

—這有時令我害怕，妳想得太多，太細，甚至會來試探我。

—我知道，一切，我可以感覺到。

—什麼？

—你裝傻。

—什麼啦！

—不如我先說開我的好了。

—妳要說什麼？

—我有……別人。

—不可能！

—就是。

—眞的？不，不……不可能！什麼時候的事？

—你完全沒察覺？

—沒有。

—但我知道你的事情。

—我的什麼事？

—你愛上另一個女人。

—所以妳報復我，也去愛另一個男人？

—不是這樣的。

—妳眞的愛上別人？

—你不相信？

—我不相信。而且我沒有別人。

—爲什麼不相信？

—我不知道。

—你看來有些難受。

—對別人也許這很普通，想一想也不覺得需要太訝異，但那是想像，想像中我們都可能愛上不只一個別人，我們都曾在想像中去實現，去爲那種可能做心理準備，但面對妳……除非不是妳，我才可能相信一般普通人都相信的事，我在說什麼啊！反正我徹底不相信！我也不清楚爲什麼會徹底不相信那種可能。

—對不起。

——妳眞的背著我……？

——沒有另一個男人。我只是好奇那種事可能發生在你身上。

——妳眞無聊！竟然在套我話，我不喜歡，一點都不喜歡。還有，如果妳眞的有別人，我會非常非常痛苦。

——對不起。

——狗屎！

——我承認那種試探很可笑，以後也不曾再發生。

——太令人難以忘記。

——換個話題吧，講講你送我的淑女腳踏車、我們去阿根廷玩買的瑪黛茶水果殼茶壺、新幾內亞面具、鹿港意樓的楊桃子、「爲人民服務」的書包、Tracy送的薰衣草聞香瓶、我們撿到的職業網球拍、海水淘洗過的酒瓶碎片、珊瑚筆筒、二手微型《聖經》、跟流浪漢交換的皮衣、車票門票剪貼簿、我蒐集的馬斯楚安尼劇照、你做的鐵皮燈、我們貼在區公所的結婚日期公告單、耳朵微血管過細而造成偏頭痛的看診單、上半身X光片、我們爲原本要出生的孩子所列的姓名單……

後記

對於成爲一名作家，有許多年的時間，我一直在避免。

以爲自己是要拍電影的。

十九歲在保送甄試當場擠出第一篇小說〈江邊村〉。順利進入中文系，然而看電影比聽課勤快得多，幾乎一日一片，不喜歡人、不喜歡說話，喜歡一身古裝將世界隔得遠遠的，周遭一些文藝青年男女，積極參加文學社團、競賽，我卻一個字都提不動。

回想起來部分原因是來自錯判，以爲創作使人生不幸福，而我善感多愁，得避免陷入無法轉回的精神狀態。

畢業後想留學巴黎，又怕，於是欺騙父母單獨到大陸少數民族區域旅行，養足了勇氣，可方向感不佳，還繞到德國、英國去，一意想著要唸電影拍電影。

我總是以爲什麼，然後曲折一下才落實了我的以爲。

抵達巴黎當天遇上地鐵罷工，腳走了六分之一個巴黎，隨意幾瞥、呼吸幾拍便知道對了，我會在這個城市不再是我。

申請進入電影學院ESEC，唸不滿兩個月，絕望到上學想哭，那時，文字便來尋我。起初寫了小說寄給朋友看，遠的近的未必欣賞的都寄，想擺脫那種自來便有的怕被看見的羞恥感。而過些時候再瞧瞧，絕對不忍卒讀，自此認清了自己平凡，以及沒有罹患憂鬱症的可能。

巴黎生活內容除了參與影片拍攝、看展覽、四處旅行、至少兩日一片，午夜十二點開始寫字變成一種紀律，不寫便覺魂不附體，恐怕自己要荒蕪成一個廢人。爲了修除某個角色性格不夠清晰的毛邊，甚至論文趕得最危急時，抹著白花油背上兩張膏藥貼布，也還是寫。

愛玩，又缺錢，才留意起各項文學獎，若干初稿是被文學獎截止日期逼出來的，重複增刪改寫給予我很大的快意與無奈，即便得獎我的快樂從未超過三天，終究有個無法企及的理型文本擾得我憂鬱。

寫了三年多，字數累積到可以出書，那些個磕磕絆絆的瑣細的無謂的中度自戀的過份被強調重要性的什麼都在書寫過程中轉化成一種信仰——有個我，另個我，藏在書寫即將帶我前往的遠方。

而現在，我以爲我是要一直寫下去的。

國家圖書館出版品預行編目資料

遠方未完成／郭昱沂著.——初版.——臺北市：
大田出版；知己總經銷，民94
面；　公分.——(智慧田；064)
ISBN 957-455-784-7(平裝)

857.63　　93021862

智慧田 064

遠方未完成

作者：郭昱沂
發行人：吳怡芬
出版者：大田出版有限公司
台北市106羅斯福路二段79號4樓之9
E-mail:titan3@ms22.hinet.net
http://www.titan3.com.tw
編輯部專線（02）23696315
傳真（02）23691275
【如果您對本書或本出版公司有任何意見，歡迎來電】
行政院新聞局版台業字第397號
法律顧問：甘龍強律師

總編輯：莊培園
執行主編：林淑卿
企劃統籌：胡弘一
美術設計：純美術設計
校對：陳佩伶／余素維／郭昱沂
製作印刷：知文企業（股）公司．(04)23595819-120
初版：2005年（民94）1月30日
定價：新台幣 200 元

總經銷：知己圖書股份有限公司
（台北公司）台北市106羅斯福路二段79號4樓之9
電話：(02)23672044．23672047．傳真：(02)23635741
郵政劃撥：15060393
（台中公司）台中市407工業30路1號
電話：(04)23595819．傳真：(04)23595493

國際書碼：ISBN 957-455-784-7 /CIP: 857.63/ 93021862
Printed in Taiwan

廣　告　回　郵
北區郵政管理局登
記證北台字11049號
免　貼　郵　票

大田出版有限公司　編輯部收

地址：台北市106羅斯福路二段79號4樓之9

電話：（02）23696315-6　傳真：（02）23691275

E-mail：titan3@ms22.hinet.net

＊請沿虛線剪下，對摺裝訂寄回，謝謝！

地址：..

姓名：..

TITAN
大田出版

智　慧　與　美　麗　的　許　諾　之　地

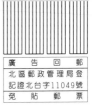

＊請沿虛線剪下，對摺裝訂寄回，謝謝！

閱讀是享樂的原貌，閱讀是隨時隨地可以展開的精神冒險。

因爲你發現了這本書，所以你閱讀了。我們相信你，肯定有許多想法、感受！

讀　者　回　函

你可能是各種年齡、各種職業、各種學校、各種收入的代表，
這些社會身分雖然不重要，但是，我們希望在下一本書中也能找到你。

名字／＿＿＿＿＿＿＿＿ **性別／**□女 □男　**出生／**＿＿＿＿年＿＿＿＿月＿＿＿＿日

教育程度／＿＿＿＿＿＿＿＿＿＿＿＿

職業：□ 學生　□ 教師　□ 內勤職員　□ 家庭主婦
□ SOHO族　□ 企業主管　□ 服務業　□ 製造業
□ 醫藥護理　□ 軍警　□ 資訊業　□ 銷售業務
□ 其他＿＿＿＿＿＿＿＿

E-mail/＿＿＿＿＿＿＿＿＿＿＿＿＿＿＿ 電話/＿＿＿＿＿＿＿＿

聯絡地址：＿＿＿＿＿＿＿＿＿＿＿＿＿＿＿＿＿＿＿＿＿＿＿

你如何發現這本書的？　　　**書名：遠方未完成**

□書店閒逛時＿＿＿＿＿書店 □不小心翻到報紙廣告（哪一份報？）＿＿＿＿＿＿

□朋友的男朋友（女朋友）灑狗血推薦 □聽到DJ在介紹＿＿＿＿＿＿＿＿＿＿

□其他各種可能性，是編輯沒想到的＿＿＿＿＿＿＿＿＿＿＿＿＿＿＿＿

你或許常常愛上新的咖啡廣告、新的偶像明星、新的衣服、新的香水……
但是，你怎麼愛上一本新書的？

□我覺得還滿便宜的啦！ □我被內容感動 □我對本書作者的作品有蒐集癖
□我最喜歡有贈品的書 □老實講「貴出版社」的整體包裝還滿 High 的 □以上皆非 □可能還有其他說法，請告訴我們你的說法

＿＿＿＿＿＿＿＿＿＿＿＿＿＿＿＿＿＿＿＿＿＿＿＿＿＿＿＿＿＿＿＿＿＿＿

你一定有不同凡響的閱讀嗜好，請告訴我們：

□ 哲學　□ 心理學　□ 宗教　□ 自然生態　□ 流行趨勢　□ 醫療保健
□ 財經企管　□ 史地　□ 傳記　□ 文學　□ 散文　□ 原住民
□ 小說　□ 親子叢書　□ 休閒旅遊 □ 其他＿＿＿＿＿＿＿＿＿＿＿＿

一切的對談，都希望能夠彼此了解，否則溝通便無意義。
當然，如果你不把意見寄回來，我們也沒「轍」！
但是，都已經這樣掏心掏肺了，你還在猶豫什麼呢？
請說出對本書的其他意見：

大田出版有限公司編輯部 感謝您！